Auf der Reeperbahn, mittags, halb eins

Nay Baf

Berlin 2012

EINS

For everything I long to do
No matter when or where or who
Has one thing in common too
It's a sin

Pet Shop Boys

Ich bewohnte eine kleine Wohnung im vierten Obergeschoss. Direkt unter dem Dach. Im Winter sehr kalt und im Sommer zum Ersticken warm. Der alte Teppichboden beherbergte eine Armada von Hausstaubmilben, die mir immer sehr zusetzte. Glaube ich zumindest. Wenn nicht sie, dann irgendetwas anderes. Jedenfalls musste es einen Grund für meine immer geröteten und geschwollenen Augen geben. Auch meine Nase war meistens zu. Wohl habe ich mich dort trotzdem gefühlt. Jetzt aus der Rückschau zumindest. Wahrscheinlich ging es mir nicht besonders gut. Aber ich habe glücklicherweise die Gabe, die Dinge im Nachhinein freundlich zu betrachten und auch den übelsten Zeiten in meinem Leben einen verklärten Anstrich zu geben.

Wenn ich an die Wohnung denke, dann denke ich zuerst an den eigentümlichen Geruch, von dem ich nicht mehr genau weiß, wie er gerochen hat, ein bisschen gammelig und süßlich, glaube ich. Jedenfalls habe ich eine Vorstellung davon. Und dann muss ich immer an

Herrn Müller, den Hausmeister, denken. Herr Müller hat mir gut gefallen, so natürlich und unvermittelt wie er war. Ich glaube, er stammte aus Meck-Pomm. Jedenfalls war Müller ein echter Kerl. Der hat sein Ding gemacht und nie gehadert, Müller ruhte in sich selbst. Und er ist mit jedem gleich umgegangen, egal, ob er mit seinem Chef von der Hausverwaltung zugange war oder mit den pubertierenden Jungs und Mädchen aus den Sozialwohnungen. Alle waren *du* für Müller. Ich finde so etwas angenehm. Ich bin da nicht beleidigt, wenn mich jemand duzt. Im Gegenteil, ich fühle mich zu Hause und irgendwie erkannt. Als das, was ich immer noch bin – ein kleiner Junge. Wenn Müller etwas mit mir besprechen wollte – eine Hausmeistersache – dann hat er angeklopft und ist einfach reingekommen und hat sich aufs Sofa gesetzt. So als ob das ganz normal wäre. Dass man einfach anklopft und reinkommt. Da saß er dann in seiner Hausmeisterklamotte, schwenkte seine kräftigen, runden Unterarme, seine dicken Wursthände und erklärte mir: Die Fassade werde saniert, mein Wohn- und Schlafzimmer werde dafür gebraucht und sei für einige Tage freizuräumen. Man würde denken, mir war das unangenehm, aber dem war nicht so, und wir räumten zusammen mein Zimmer um, und mir war wie in alten Tagen, als ich – als kleines Helferlein – an einem Samstag mit meinem *handwerkophilen* Vater den Ausbau meines Kinderzimmers anging.

Weil ich Müller mal zusammen mit einer Freundin im Treppenhaus getroffen hatte, diese Freundin Illustration studierte und Müller dies auch im Laufe des Gesprächs, das sich damals ergeben hatte, mitteilte, stand Müller eines Tages mit einer Mappe vor meiner Tür und bat mich um einen Gefallen. Es war nämlich so, dass Müller schon seit Jahren (vielleicht auch Jahrzehnten), seinem Matrosenhumor frönend (ich habe es glaube ich noch nicht erwähnt: Müller ist lange zur See gefahren), versaute Witze – insbesondere illustrierte – aus Zeitungen ausschnitt und aufbewahrte, um sie in geselliger Runde, zur Unterhaltung seiner Gäste, hervorzuholen. Als Beispiel mag ein Bildchen dienen, auf dem sich zwei Schäfer der geschlechtlichen Liebe mit ihren Mündeln hingeben. Während der eine der beiden sein Schaf aber *normal* von hinten beglückt, hat der andere seines auf den Rücken gewendet, um es mit der Zunge zu verwöhnen. Sein Kumpel schaut zu ihm herüber, über ihm die Sprechblase: „Du bist so pervers!" Auf einem anderen Bild denkt ein unerfahrenes Mädchen, beim Blasen auch wirklich blasen zu müssen und tut dies so kräftig, dass es dem Geblasenen das Gemächt herausreißt, das durch seine Beine nach hinten schießt. Ich glaube, Müller und ich haben in etwa den gleichen Humor. Ich habe viel Spaß mit der Mappe gehabt.

Müller jedenfalls hatte sich gedacht, es sei Zeit, seiner Sammlung einen angemessenen Rahmen zu geben und bat mich darum, meiner Bekannten den entsprechenden Auftrag zu erteilen. Ich erklärte mich bereit, wissend, zumindest ahnend, dass die potenzielle Auftragnehmerin nicht annehmen würde. Tatsächlich musste ich schließlich und unangenehmerweise mit einer blöden Ausrede bei Müller vorsprechen und ihm die Mappe unbearbeitet zurückgeben. Müller wird es sich dann schon gedacht haben: Er und meine Freundin lachten nicht über dieselben Dinge. Mir war es peinlich, ihm seinen Humor auf diese Weise miesmachen zu müssen. Ich schämte mich meiner humorlosen Etepetete-Bekannten, und beeilte mich dann auch zu versichern, dass ich persönlich die Mappe ganz ausgezeichnet fände und insbesondere die Sache mit den Schafen voll meinen Geschmack getroffen habe.

Müller wohnte einen Stock tiefer. Mit seiner Frau zusammen, glaube ich. Die hat man aber nie zu Gesicht bekommen. Vielleicht wohnte sie auch in der Wohnung gegenüber von Müller. Irgendein weiblicher Verwandter von Müller wohnte jedenfalls noch im Haus, vielleicht auch seine Tochter.

Ich weiß nicht, warum ich so etwas nicht so genau sagen kann. Ich nehme diese Dinge wahr, aber gehe ihnen nicht nach. Dann habe ich einfach nur so ein Gefühl zum Beispiel, dass noch eine weibliche Verwandte von Müller im Haus wohnt – und gebe mich damit zufrieden. Ich bin einfach schon immer zu sehr mit mir selbst beschäftigt. So ist es auch mit den Straßen in meiner Umgebung. Höre ich ihre Namen, kann ich sagen, dass sie in der Nähe sind. Welcher Name aber welcher Straße gehört, weiß ich meistens einfach nicht. Es ist mir auch egal.

Letztens war ich mal wieder in der Gegend und habe ein komisches Gefühl bekommen. Als ob das alles schon ein halbes Leben her gewesen wäre, oder sogar ein ganz anderes. Bei mir ist das so mit der Vergangenheit: Ich erinnere mich, habe aber nicht das Gefühl, es selbst erlebt zu haben. Wie bei einem Buch, an das man sich gut erinnert, weil es einen beeindruckt hat. Das ist ja auch schön eigentlich. Die wenigen Jahre – ich bin jetzt sechsundzwanzig – sind so vollgestopft mit Erinnerungen und Eindrücken: Man kann einfach nicht fassen, dass man alles schon erlebt haben soll, und muss es in mehrere Leben aufteilen. Und dabei ist es noch so: Zu einem Zeitpunkt erinnert man sich an die eine, zu einem anderen Zeitpunkt an die andere Sache. Und niemals an alles oder – seien wir bescheidener – auch nur zehn Prozent von dem Gespeicherten zugleich. Ein solcher Blick in das Gedächtnis, der Panoramablick gewissermaßen, würde einen völlig umhauen. Mindestens zweitausend gefühlte Jahre wären da drin. Leider geht das nicht. Man kann nicht einmal an zwei Dinge zugleich denken – denke ich zumindest. Ich habe oft versucht, festzustellen, ob ich möglicherweise gerade an zwei, vielleicht sogar drei Dinge denke. Dann merke ich: Da sind durchaus viele Gedanken im Kopf, aber ich kann beim besten Willen nicht ausmachen, ob sie sich nur in unerhörter Geschwindigkeit wechselseitig ablösen oder übereinanderliegen. Die Tatsache jedenfalls, dass man den einen Gedanken oft verliert, wenn man gleichzeitig oder auch zwischenzeitlich – gerade das weiß ich nicht – an etwas anderes denkt, spricht schon sehr dafür, dass die Gedanken nicht übereinanderliegen. Denn man kann den Faden nicht verlieren, wenn man ihn die ganze Zeit im Blick hat. Vielleicht reißen aber auch einige Fäden unter dem Druck zu vieler gleichzeitiger Gedanken.

Als Kind war ich ein Macher, ein Managertyp. Ich habe Entscheidungen am laufenden Band getroffen, dies und jenes gemacht, die eine Entscheidung ohne Reue zu Gunsten der anderen verworfen und alles mit derselben Leidenschaft und Überzeugung – wenn auch verblendet, so doch überzeugt – betrieben. Weitsicht und Planung waren nicht meine Sache.

Heute treffe ich fast keine Entscheidungen mehr. Nicht aus Überzeugung, nicht, weil ich ein Freund der Politik der ruhigen Hand geworden bin und meine Leidenschaft durch gewählte Mäßigung ersetzt habe. Nein, die Leidenschaft spür ich manchmal noch, aber die Entscheidungen sind mir einfach zu gefährlich. Wenn man einmal erfährt, dass nichts das Beste, nichts das Schlechteste, der Vater nicht der Stärkste, man selbst nicht der Coolste, die Beatles nicht besser als die Stones, Blur nicht besser als Oasis, beides auch nicht umgekehrt die Wahrheit, sondern alles irgendwie relativ ist, dann ist man irgendwann gar nicht mehr verblendet und überzeugt. Entscheidungen sind nämlich überhaupt nichts wert, wenn und weil sie genauso gut anders hätten ausfallen können – man zumindest nicht weiß, ob eine andere Entscheidung besser, schlechter oder ebenso gut gewesen wäre. Denn im Weltreich Relativien lässt sich das niemals vorhersagen. Alle Relativianer müssen mit ihren Entscheidungen und der Tatsache, dass Wert und Folgen des mehr oder weniger herzhaften Rucks, den man sich in die eine oder andere Richtung gegeben hat, völlig im Nebel liegen. Einige leiden darunter, andere nicht. Wieder andere werden sich der nebulösen Natur des Phänomens Entscheidung ihr Leben lang nicht bewusst und bleiben in einem merkwürdigen Widerspruch in ihrer Kindheit stecken, um erfolgreicher Managertyp zu werden (oder zu bleiben). Ich jedenfalls leide darunter.

Ich lasse mich treiben. Und wenn ich mal entscheide, dann eher gegen etwas als nach vorn. Dem, gegen das ich mich entscheide, trauere ich ewig hinterher und das, wofür ich mich entscheide, scheint mir meist die schlechteste Entscheidung. Das fängt im Kleinen an, im Restaurant etwa. Es verdirbt mir regelmäßig das Essen, wenn ich daran denke, dass ich möglicherweise oder sogar fast sicher – bei vierzig Gerichten auf der Karte liegt die Chance für eine richtige Entscheidung bei eins zu vierzig – gerade das Falsche esse. Ich denke daran, wie der Kellner sich über meine Wahl amüsiert oder einfach denkt: „Das hätte ich nicht bestellt, wo unser

Koch doch so hervorragend das andere zubereitet!“ Als Kind habe ich einfach immer Wiener Schnitzel mit Pommes bestellt und war hochzufrieden damit. Ich war davon überzeugt: Wiener Schnitzel mit Pommes ist das unanfechtbar wohlschmeckendste Gericht der Welt. Heute halte ich das zwar immer noch für möglich, bin mir aber aufgrund vieler anderer kulinarischer Erfahrungen keinesfalls sicher. So war es dann später auch mit meiner ersten Freundin. Die hatte ich ebenfalls für am unanfechtbar wohlschmeckendsten gehalten. Später dann, als sie mit mir Schluss gemacht hatte, und ich gezwungen war, etwas anderes als Wiener Schnitzel zu bestellen, ist es mir bei keiner anderen mehr so gegangen.

ZWEI

Mein Leben war ein vielleicht typisches Studentenleben. Aber eins der langweiligen Sorte. Ab und an eine Hausarbeit, zwei bis drei Klausuren pro Semester. Das Jurastudium besitzt eine unangenehme Eigenschaft. Bis zum Ersten Staatsexamen ist es leicht zu bewältigen, es sei denn, man ist hart auf den Kopf gefallen, hat ihn sich so gestoßen, dass das Gehirn nicht richtig arbeitet, oder man ist aus anderen Gründen eher dumm. Jedenfalls beginnt es einem erst so anderthalb Jahre vor dem Examen zu dämmern, dass man mit der bisherigen Arbeitsmoral nicht weit kommen wird. Das Examen ist nämlich eiskalt und rücksichtslos. Beim Examen fangen alle wieder bei null an. Mit den *Scheinen* ist nichts mehr anzufangen.

Man muss sich das Examen als eine Art Krieg des Prüfungsamtes und der Professoren gegen die Studenten vorstellen, denen es ihre Unfähigkeit und Minderwertigkeit vor Augen zu führen gilt. Für den Krieg lassen sich die Studenten von privaten Repetitoren auf Vordermann bringen. Die Repetitoren machen das Geschäft mit der – nicht unberechtigten – Angst vor dem Examen und rund neunzig Prozent der Studenten ertragen den Gedanken nicht, vermeintlich nur im Repetitorium zu erlangendes Wissen zu entbehren und werden in ihrer Beklemmung zum Opfer. Da sitzt man dann mit sechzig anderen Getriebenen. Hinterrücks steht der Repetitor und doziert. Und mit einem Mal spürst du seine Hand auf deiner Schulter: „Na Kollege, was sind denn die Elemente des Wegfalls der Geschäftsgrundlage?" „... Tatsächliches, hypothetisches und normatives Element ..." entgegnet der Gestählte etwas verzögert.

Die Repetitoren sind oft zynische Charaktere, die genau um den Stumpfsinn und die aberwitzige Menge (alles will geregelt sein) des Stoffs wissen. Aber auch sie sind irgendwann da reingeraten und können nicht zurück. Man sollte es ihnen nicht übelnehmen.

Jedenfalls: Wer im Survival of the Fittest nicht zu den Fittesten gehört und kein Prädikatsexamen erringt, hat nicht nur jede Chance vertan, auf dem juristischen Arbeitsmarkt zu reüssieren, er ist zudem dazu angehalten, sich minderwertig zu fühlen und seine niedere Begabung und Disziplin einzusehen. Alles ist noch absonderlicher, bedenkt man, um welche Arbeitsplätze der unmenschliche Kampf geführt wird. Man muss sich Folgendes vor Augen führen: Ob als Anwalt, Richter, Staatsanwalt oder Unternehmensjurist: Immer wird man sich mit dem Recht zu beschäftigen haben: Eine derart unbeseelte, sperrige Materie, dass man darüber nur einschlafen oder aber starke Kopfschmerzen, langfristig auch Depressionen, bekommen kann. Trotz dessen ist man bereit – ich eingeschlossen – alles für ein *Prädikatsexamen* zu tun, man ist nun einmal in der Mühle drin. Der Blick verengt sich aufs Ergebnis, das zum Lebenszweck wird. Erst nach dem Examen, erschöpft und ausgelaugt, man hatte sich darauf gefreut, sich freuen zu können, und merkt jetzt, dass man sich gar nicht mehr freuen kann, kommt langsam die Frage, was man mit seinem Prädikatsexamen denn überhaupt anfangen soll. Es ist ja keineswegs so – Gott weiß (vorausgesetzt es gibt ihn, wahrscheinlich eher nicht), warum man es vor dem Examen nicht gewusst hat – dass man nach dem Examen in den Himmel kommt und ewig und glückselig in den Armen zahlloser wunderschöner, dauergeiler Jungfrauen schwelgt. Nein, nach dem Examen kommt noch viel mehr Jura! Ein weiteres abartig schweres nervenaufreibendes Examen. Dazu vielleicht noch eine Doktorarbeit – ebenfalls eine unmenschliche Tortur. Und schließlich, am Ende aller Mühen, der Beruf! Qualen über Qualen, mit dem Ziel lebenslanger Qual.

Ich merke, ich bin doppelt aus dem Kurs geraten. Zum einen soll es hier nicht um mein Studium oder meine Berufung gehen. Zum anderen nicht um die Examenszeit. Sondern vielmehr um die vorherige, mit Blick auf das Studium unaufwändige Phase meines Lebens, über deren kaum begonnene Beschreibung ich – wie ich jetzt bemerke – zu meiner schicksalhaften und kläglichen Verstrickung in diese unsägliche Rechtswissenschaft gelangt bin. Dies aber ist eine damals kaum geahnte Misere, von der hier nicht handeln soll.

Auch muss ich an dieser Stelle etwas klären: Sicher ist aufgefallen, dass ich mal recht einfach schreibe, und dann wieder in einen halbgar gestelzten Stil verfalle. Ich bitte darüber hinwegzusehen, da ich abgesehen von dem Verfassen juristischer Gutachten wenig Erfahrung im Schreiben habe. In Ermangelung eines eigenen Stils lasse ich mich, leeres Blatt, das ich bin, von meiner jeweiligen Bettlektüre leiten. Wenn der vorliegende Bericht also mal nach Asterix, mal nach einem Aufsatz aus der Neuen Juristischen Wochenschrift und dann wieder nach dem Versuch eines Sechstklässlers klingt, Thomas Mann oder andere Hochkaräter nachzuahmen, handelt es sich nicht um ein besonderes Stilmittel, und hat auch keinen anderen tiefen Sinn. Es würde mir nur eben unendliche Anstrengungen bereiten, auf einen einheitlichen Stil zu achten und ganz sicher meinen Schreibfluss hemmen, bei dem es sich ohnehin eher um ein Schreibgerinnsel handelt.

DREI

Ich habe ein schlechtes Gewissen. Auf den letzten Seiten bin ich dermaßen abgeschweift, dass der Handlungsgehalt bislang gegen Null geht. Ich entschuldige mich und will jetzt aufmerksam und genau sein.

Also, vorab mein Name, der da lautet: Moritz Waldheim. Und nun, Handlung:

Am einem späten Freitagnachmittag im ausklingenden Hamburger Sommer lag ich lethargisch rauchend auf meinem Sofa, als der subhumane Vollpfosten von einem Rocker, den ich zum Nachbarn hatte, mal wieder zum Zeichen seiner bald anstehenden Abfahrt sein Motorrad kräftig aufröhren ließ. Ich kletterte auf meinen Schreibtisch – meine Fenster lagen dahinter – und sah mit geröteten Augen auf die gegenüberliegende Straßenseite. Der schwarze Helm, das schwarze Motorrad und blank gewienerter Chrom blitzten in der tief stehenden Sonne. Aus dem Helm schlängelte sich in voller Pracht der schwarz gelockte Pferdeschwanz. Schwarzes Muskelshirt – wahrscheinlich mit Tourdaten auf dem Rücken, schwer auszumachen – schwarze Jeans und schwarze Boots, fette, tätowierte Arme, saß der Freak auf seinem Shopper und dosierte mit der Rechten im Leerlauf das Gas. Von der Langeweile und dem Stumpfsinn der letzten Tage ziemlich mitgenommen, überkam mich eine ungesunde Wut. Wie immer saß der Motorradmann einfach nur so da und machte weiter – der Motorradgott weiß warum. Jedenfalls öffnete ich das Fenster und ließ ein lang gezogenes „Eeeeeeeeey“ vernehmen, das mir wie von selbst aus meinem roten Kopf quoll. Tatsächlich wendete der Kretin sein Haupt und glotzte mich an, worauf ich zu verstehen gab, dass er sich entfernen möge und ihm dies auch mit einem Wink der rechten Hand deutete. Die Evolutionsbremse grinste und streckte mir ihren linken Mittelfinger entgegen, um mit der rechten Hand noch einige Male, ganz in ihrer provokativ-primitiven Art, das Gas zu dosieren. Ich kniete einfach nur auf meinem Schreibtisch und starrte mit böse funkelnden Augen nach unten. Irgendwann legte der Motorradmann einen Gang ein und fuhr davon. Erschöpft machte ich mich wieder aufs Sofa und zündete mir eine Zigarette an.

Abendplanung: Ich hatte Lust, mich mit irgendeinem ganz bezaubernden Mädchen zu betrinken. Darauf habe ich eigentlich immer Lust. Das könnte ich 24 Stunden 7 Tage die Woche machen. Wein trinken und reden, mit einem Mädchen, das mich verrückt macht. Nur leider gibt es nicht so viele von der Sorte. Schon gar nicht klingeln sie einfach so an meiner Tür mit einem Rotwein in der Tasche. Außerdem tun sie einem weh, wenn man nicht mit ihnen umgehen kann. Ich kann es jedenfalls nicht. Ich bin dann ganz schnell so verknallt, dass ich völlig am Rad drehe und jede Taktik fahren lasse. *Schmerzmädchen* nenne ich sie heimlich. Schmerzmädchen tun einem manchmal schon dadurch weh, dass sie einfach nur im Bus sitzen oder in der Bibliothek, oder einem auf der Straße entgegenkommen. Einfach so im Vorbeigehen lösen sie Wehmut und Verwirrung aus. Aber es ist nur ein Hauch, ein süßer, klebriger Schatten, der sich flüchtig auf einen legt und weiterzieht.

Ein paar Mal aber war ich Schmerzmädchen ganz nah. Und es hat mir den Boden unter den Füßen weggerissen. Jedes Mal habe ich dann erst auf einer Wolke (Nr. 7?) geschwebt und bin am Ende ganz tief gefallen. Schmerzmädchen eben. Es ist einfach so, dass ich ein Mädchen nicht halten kann, wenn es mir gefällt. Ab dem Moment, wo bei mir Gefühle ins Spiel kommen, benehme ich mich so dämlich, dass ich ihnen sozusagen keine andere Wahl lasse, als mit mir Schluss zu machen. Wie man mit mir Schluss machen kann, verstehe ich aber trotzdem irgendwie nicht. Denn wenn ich ganz ehrlich bin, halte ich mich für ein Geschenk Gottes an die Damenwelt.

Manchmal frage ich mich, wie das wohl so ist, Schmerzmädchen zu sein. Bestimmt ist es ein erhabenes Gefühl. Andererseits ist es wahrscheinlich auch traurig. Denn wenn man selber Schmerzmädchen ist, wirken Schmerzmädchen ja nicht auf einen. Ich könnte jedenfalls trotz allem nicht darauf verzichten. Eigentlich ist das ganze Leben nur ein Warten auf Schmerzmädchen. Alles in der Hoffnung, dass sie sich eine Zeit zu einem niederlassen und möglichst lange warten, bis sie Schmerzen machen.

Nun ja, es gibt ja noch die unzähligen Mädchen, die keine Schmerzmädchen sind. Jedenfalls für mich nicht, Schöpfer der Schmerzmädchen sind die Augen des Betrachters. Die Nicht-Schmerzmädchen jedenfalls, die sind auch nicht zu verachten. Man kann sich, glaube ich, nichts Schlimmeres antun, als ausschließlich auf Schmerzmädchen zu zielen. Dann endet man wie der junge Werther.

Jedenfalls hatte ich weder ein Schmerzmädchen noch irgendein anderes, mit dem ich was trinken konnte. Deshalb griff ich zum Hörer und ließ mir von meinem immer unterrichteten Freund Gregor die Optionen für den Abend unterbreiten. Manche Menschen sind wandelnde Schaltzentralen, so unverwickelt und verbindlich, dass sie einfach gerne angerufen werden und auch überall anrufen können. Jedenfalls sind Schaltzentralenmenschen ein Segen, man sollte sich an ihrer Telefonrechnung beteiligen. Es gab eine Party in der Schanze, und wir klügelten aus, uns vorher bei Gregor einen anzutrinken. Ohne Alkohol gehe ich abends nicht weg. Das hat mit meiner Sozialisation zu tun. Ich habe es einfach so gelernt. So gut wie alle in meinem Freundeskreis, ich eingeschlossen, sind mehr oder weniger Alkoholiker. Was aber auch nicht schwer ist, da es diese komische Definition gibt, nach der mehr oder weniger jeder Alkoholiker ist, der auch nur halbwegs regelmäßig ein Mon-Cheri verspeist.

Ich fühlte mich abgeschlagen, irgendwie unwohl. Mein Hals war belegt von den vielen Zigaretten, und mein Magen wollte noch nicht an Alkohol denken. Ich machte mir zwei Wiener Würstchen warm und nahm den Kartoffelsalat aus dem Kühlschrank, von dem ich mich seit zwei Tagen ernährte. Was soll man machen in einem Singlestudentenhaushalt? Bei Penny gibt es die Kartoffeln nur in Zwei-Kilo-Säcken, Zwiebeln nur zu einem Kilo, Gurken nur im großen Glas, Eier mindestens im Sechser- fast genauso günstig im Zehnerpack, Wiener Würstchen nur zu acht und so weiter. Also nehme ich mir eine große Schüssel, brauche alles auf und habe für zwei bis drei Tage Kartoffelsalat. Jetzt ging der Vorrat langsam zur Neige. Ich hätte mich aber durchaus noch zwei weitere Tage so ernähren können. Wiener Würstchen mit Kartoffelsalat halte ich für eins der leckersten und reichhaltigsten Gerichte überhaupt. Und wenn ich etwas gerne mag, übertreibe ich es grundsätzlich maßlos, immer, alles, sofort, ganz lang, bis ich es auf eine sehr ungesunde Weise satthabe oder Schaden davontrage. Sehr ungünstige Eigenschaft, aber so bin ich.

Ich habe es gerade wieder gelesen: Nach der Zeit in der Gebärmutter und der frühen Kindheit ist am Menschen nicht mehr viel zu drehen. Insofern habe ich eigentlich Glück gehabt. Viele meiner schlechten Eigenschaften sind nur *Sekundäruntugenden*. Kann man so etwas sagen? Ich meine jedenfalls den Gegensatz zu Sekundärtugenden (das sind solche, wie sie etwa als Wahlspruch auf der brasilianischen Nationalflagge stehen: *Ordem e Progresso*. Will sagen, Ordnung und Fortschritt. Merkwürdig, oder? Genauso könnte man Dreimal-Täglich-Zähneputzen und Autobahnen draufschreiben. Da finde ich etwas wie Liberté, Égalité, Fraternité vornehmer). Schwieriger ist es für diejenigen, die den Massenmörder oder Kinderschänder ins Gehirn gefräst bekommen. Daran gemessen ist das Übermaß nur ein kleiner Makel. Der einen aber beizeiten dennoch ordentlich durchschüttelt. Ich denke, später wird noch deutlich, worauf ich hinaus möchte.

Wieder auf meinem Sofa angelangt, verzehrte ich meine Portion Wiener Würstchen mit Kartoffelsalat und scharfem Senf – es schmeckte noch immer genauso gut wie vor zwei Tagen – und zündete mir anschließend eine Zigarette an. Die ging ein bisschen besser als die anderen vor dem Essen, besonders gut aber auch nicht. Dann wollte ich noch etwas schlafen, dämmerte aber nur nervös vor mich hin, während im Hintergrund der Fernseher lief: Schwertransport durch Barmbek. Da ich irgendwann keine Lust mehr auf Nervös-Vor-Sich-Hin-Dämmern hatte, beschloss ich, eine Dusche zu nehmen und schritt kurz darauf zu eben dieser Tat. Danach ging es besser, oberflächlich zumindest. Ich betrat mein Ankleidezimmer – dazu war das kleinere meiner zwei

Zimmer geworden, weil es zu klein war, als dass es irgendeinem höheren Zweck dienen und eben darum nur ein Ankleide – und Gerümpelzimmer sein konnte – und warf einen Blick in den Kleiderschrank. Ich zog einiges in Erwägung, merkte dann aber, dass ich in erhebliche Entscheidungsschwierigkeiten geriet und verlegte die Frage nach der Abendgarderobe auf einen späteren Zeitpunkt, um der aufkommenden Erschöpfung keinen Raum zu geben (die Sache mit den Entscheidungsschwierigkeiten – eine weitere meiner Sekundäruntugenden – hat, meine ich, schon Erwähnung gefunden). Stattdessen machte ich mich zurück aufs Sofa – nicht ohne mir vorher ein Bier aus dem Kühlschrank geholt zu haben – und erledigte noch zwei Telefonate, um – mit Erfolg – weitere Abendgesellschaft zu rekrutieren. Dann widmete ich mich abermals meinem Fernseher. Das Bier schmeckte schon nach einigen Schlucken gar nicht mal so schlecht, so dass ich mir wenig später ein Zweites erlauben konnte.

Durch die einsetzende Dämmerung und die Geräusche des aufkommenden Freitagabends, die von der Straße empor drangen, wurde ich beschwingter. Ich wechselte vom Fernseher auf Musik – Rolling Stones. Die lösen immer diese Ausbruchsgefühle in mir aus, die genau die richtige Grundlage fürs Weggehen sind. Unter der Woche kann ich die nicht hören. Ausbruchsgefühle und rebellische Attitüden sind zu nichts zu gebrauchen, wenn man am nächsten morgen früh raus muss beziehungsweise gar nichts los ist – enorm unbefriedigend. An diesem Freitagabend jedenfalls passte es, und ich begann sogar ein bisschen zu tanzen. Zudem fühlte ich mich jetzt gewappnet für die Sache mit der Abendgarderobe: Blaue Jeans, weißes Hemd, Turnschuh und Kapuzenpulli. Allerwelts-Outfit könnte man sagen, aber es gibt feine Unterschiede. Jeans ist nicht gleich Jeans, weißes Hemd nicht gleich weißes Hemd und so weiter. Würde man etwa dem Motorradmann 400 Euro in die Hand drücken, damit er sich mit eben dieser Garderobe ausstattet, bin ich mir sicher, am Ende würde er hundertmal beschissener aussehen als ich an diesem Abend. Aber die allgemeine Geschmacksfreiheit ist verfassungsrechtlich garantiert, und das ist gut so. Wahrscheinlich wäre ich sogar traurig, wenn es keine Motorradmänner mehr gäbe.

Die Musik musste ich wieder ausmachen, weil es mir zu intensiv wurde. Die Ausbruchsgefühle nahmen überhand, und ich konnte erst in einer Stunde los, sonst wäre ich viel zu früh gewesen. Das mit der Musik ist ein zweischneidiges Schwert. Sie nimmt mich gefühlsmäßig einfach zu sehr mit. Ich weiß nicht, ob das so gesund ist mit der Musik. Sie steht mit ihren ganzen Farben und Extremen nun einmal im krassen Gegensatz zu dem, was wirklich gefragt ist im Leben: Der nüchternen Funktion, der gleichbleibenden Anstrengung ohne Ausschläge. Fortschritte sind natürlich erlaubt und sogar erwünscht. Man darf sie sich allerdings nicht in allzu großen Schritten vornehmen, sonst folgt unweigerlich der Einbruch. Erfolg auf Strecke gibt es nur, wenn man den Stein nach und nach in kleinen Schritten den Abhang hinaufrollt. Hat man Glück, rollt der Stein dann im Schnitt nur zwei Schritt zurück, nachdem man ihn drei Schritt vorgerollt hat. Versucht man den ganzen Hang, ohne abzusetzen, wird man scheitern, der Stein rollt ganz zurück. Dann steht man oben und sieht ihn sich immer weiter entfernen, dem Tal entgegen. Dann wieder ins Tal hinabzusteigen und von vorn zu rollen, fällt nach der ganzen Anstrengung natürlich schwer. Diejenigen, die den Stein dann noch einige Male in einem Zug hinaufrollen – nicht ohne auf dem Gipfel kurzzeitig dafür bejubelt zu werden – brechen dann irgendwann schon nach einem ganz klein wenig Rollen im Tal zusammen, um dort beerdigt zu werden.

Musik jedenfalls erzählt von dem Hinaufrollen in einem Zug, von der kurzen Zeit auf dem Gipfel oder davon, wie der Stein ins Tal rollt und man ihm nachblickt. Sie erzählt davon, wie man voller Melancholie ins Tal zurücksteigt. Auch von der Beerdigung im Tal erzählt sie. Nie aber handelt sie von dem rechtzeitigen Zurückbringen ausgeliehener Bücher, von dem Gang zum Ortsamt, dem Segen geordneter Unterlagen, der Vorsorgeuntersuchung, dem Bausparvertrag, dem Erlernen der doppelten Buchführung und so weiter. Mehr noch, die Musik tut geradezu selbstverständlich so, als ob es all dies nicht gäbe. Kindlich einfältig oder auch in teuflischer Täuschungsabsicht will sie einem weismachen, dass das Leben leidenschaftlich im Guten wie im Schlechten ist, große Siege, große Verluste, bejubelt oder verhasst. Sie erzählt nicht davon, dass man so durchschnittlich ist, dass man den anderen einfach egal ist. Sie erzählt von großer Liebe und großem Schmerz, nicht aber davon, dass man nicht liebt, sondern nur gern hat und das auch nur manchmal, dass sich viele aber hiermit schon zufriedengeben müssen. Sie verschweigt, dass der Großteil in Mittelmäßigkeit verweilt und kleinlich an ein wenig Lebensglück feilt, mit seinem Glück ganz gewissenhaft haushalten muss. Sie verschweigt, dass es so vielleicht sogar am besten ist. Und immer, wenn man sich gerade ein wenig mit dem Stumpfsinn des Alltags arrangiert hat, möglicherweise sogar ein wenig zufrieden ist, kommt die Musik und schüttelt einen kräftig durch. Sie sagt dann so Dinge wie: „Fühle!“, „Lebe!“, „Wage!“, „Beende und beginne!“, und schnurstracks ist man völlig verwirrt, wo doch vorher eigentlich alles ganz in Ordnung war, man gerade mal nicht so viel gefühlt und gewagt hat, alles ganz bequem war.

Die ganze Misere des Stein-Ganz-Hinaufrollens bestätigt sich ja an eben den Musikern selbst. Nehmen wir Thriller von Michael Jackson. Wenn man das Album hört, erfährt man derartig Großes, spürt eine Energie, dass alles andere nur noch unwichtig und klein ist, und einem wird unerklärlich, wie man sich jemals über die

Akzessorietät der Sicherungsgrundschuld den Kopf zerbrechen konnte. Man schrumpft angesichts eines solchen Werks auf einige Nanometer, erkennt, wie jämmerlich und niedrig das eigene Tun und Bestreben ist. Dabei ist das Album nur noch die einsam wehende Fahne auf dem Gipfel des Mount Everest, auf den der King of Pop seinen Stein hinaufgerollt hatte. Der Stein jedoch rollt schon lange in Richtung Tal, befindet sich höchstens noch auf tausend Meter. Auch blickt der König ihm nicht mehr von oben nach, schon längst sucht er den Stein, ist auf dem Weg ins Tal, um dort beerdigt zu werden.

Jedenfalls nahm ich also den nötigen Sicherheitsabstand von den Stones und ging wieder zum neutralen Freitagabendfernseher über. Launig-seichte Kost tut mir immer gut. Es lief was zum Mitraten, genau mein Geschmack. Da spüre ich gedanklich meinen Finger hochschnellen, der ohne Unterlass schnipsend ruft: „Ich weiß es, ich weiß es!“, spüre tiefe Verachtung für unwissende Kandidaten und fiebere bewundernd mit, wenn ein seltener Kandidat mit beeindruckender Gelehrsamkeit in schwindelerregende Höhen vorstößt.

So also verging die Zeit, bis ich mich auf den Weg machen konnte. Noch ein Bier auf die Hand, zweimal um die Ecke gucken, ob der Herd aus ist (eine Nebengattung von Entscheidungsschwierigkeiten?) und ich stand auf der Straße. Einige bekiffte Jungs aus den Sozialwohnungen saßen am Hauseingang auf den Müllcontainern, und ein lauer Wind blies mir ins Gesicht. Wie viel Wind es in Hamburg gibt, begreift man erst, wenn man länger nicht mehr da war. Ich liebe das. Gerne auch mit ein wenig kaltem Regen, der einem von den Augenbrauen tropft und die Lippen feucht und frisch benetzt. Jetzt jedenfalls ein lauer Wind und Richtung Bahnhof. Auf dem Weg öffnete ich mir mein Bier und spürte eine freudige Erregung in mir aufsteigen. Was wäre das Leben ohne Wochenende, ohne Weggehen, mein ich? Ich frage mich manchmal, wie ich das später aushalten soll. Ein Leben ohne die Überraschungen und Verheißungen der Nacht – eine Gehaltserhöhung oder die Milchzähne von Junior das höchste der Gefühle? Auf der anderen Seite will ich kein Rolf Eden werden. Vielleicht widme ich mich später ganz dem Essen. Wie die vier Franzosen aus dem Großen Fressen. Na ja, ich werde mich früh genug damit auseinandersetzen. Spätestens wenn ich mit meiner ersten Heckenschere an der Kasse stehe.

In der Bahn dann ein Schmerzmädchen am anderen Ende des Waggons. Aber das konnte mir nichts anhaben, es beflügelte mich eher. Am Freitagabend sind viele Schmerzmädchen unterwegs – Hamburg hat eine Menge hübscher Mädchen – und der Abend hatte erst begonnen. Keine Zeit für stille Wehmut, kein bittersüßer Hauch, alles offen.

VIER

Ich klingelte bei Sommerfeld, und kurz darauf bedeutete mir ein Summen, dass sich die Tür durch einen leichten Druck öffnen ließe. Ich mag dieses Summen gern, das einem sagt, „Komm herein!“ Vor allem mag ich es, wenn es einfach so erklingt, direkt nach dem Läuten, ohne Umweg über die Gegensprechanlage. Genau wie Gregor nutze ich sie auch nie. Es ist schön, einfach aufzumachen. Misstrauen macht mich misstrauisch. Im Übrigen frage ich mich, was die Gegensprechanlagen-Quatscher glauben, wer da vor der Tür stehen könnte, dem man nicht aufmachen sollte: „Hallo, wer ist da bitte?“ „Hier ist die Gestapo, dürfen wir reinkommen?“

Im dritten Stock stand Gregor in der Tür. Er war aufgeräumt, was mich noch aufgeräumter machte. Der Weg von Sofa zu Sofa war geglückt, wie dort auch hier Bier im Kühlschrank, hier allerdings Musik und Fernseher zugleich. Ich dachte mir, den Fernseher sollte man eigentlich den ganzen Tag anlassen. So ist Leben in der Bude, und man bleibt auf dem Laufenden. Wenn man kein zwanghafter Charakter ist, von dem ständigen Drang getrieben, lesen zu müssen, wenn man keine durch biedere Bildungsideale motivierte Skrupel hat, den Sündenfall Fernsehen gar nicht als solchen erkennt, dann ist man frei. Ich kenne einige Menschen, die immer und ständig fernsehen. Und sie sind glücklich damit. Und es gibt andere, die gehen auf kalten Entzug, verbannen den Fernseher aus ihrem Leben. Die lesen dann auch Bücher über positives Denken oder so und müssen erst noch erlernen, was der Fernsehmensch ohnehin schon ist: Entspannt und positiv. Diese Gedanken enthüllte ich Gregor, der mich darauf einen Waschweiberpsychologie-Psychologen nannte.

Irgendwo hatte er recht. Dass ich mich immer in so abenteuerliche ganz unausgereifte Gedankengänge verstricke, macht mich unglücklich. Vereinfachende Urteile ohne Hand und Fuß. Andererseits: Nicht jeder Gedanke, den man beiläufig entwickelt, kann das Zeug zu einem Dissertationsprojekt haben. Sonst würden nur noch so Leute wie Peter Sloterdijk den Mund aufmachen. Jedenfalls musste ich lachen. Ich mag das, wenn die Leute einen einfach abservieren, ganz unumwunden. Die Leute übrigens nicht. Nur wer sich selber nicht wichtig nimmt, muss auch die anderen nicht wichtig nehmen. So kann man es sich erlauben. Aber das ist selten. Die meisten tun nur so, als nähmen sie sich nicht wichtig. Sich selbst zu wichtig zu nehmen, ist die Wurzel allen Übels. Ich kann sie nicht ausstehen: Debattierstudenten, Asta-Aktive, Klugscheißer aller Art, üben fürs große Parkett: „Ich denke, wir haben hier gerade etwas sehr Interessantes gehört, dennoch meine ich ..." Da wäre man gern Sokrates: Alles aufdecken, die ganze Beliebigkeit der Argumente! Das Lächerliche. Warum begreift es keiner? Es gibt sie nicht, die richtige Meinung. Alles verschwimmt in grau, alles kann sein, und kann auch nicht sein, alles ist gut und schlecht zugleich. Das beharrliche Vertreten von Meinungen ist ein notwendiges Entwicklungsstadium, sollte sich aber nach der Pubertät erledigt haben.

Die einzige Wahrheit lautet: Leben und leben lassen. Wenn sich einfach nur alle daran halten würden. Es könnte so entspannt sein. Ich glaube, tief in mir bin ich ein Hippie. Ich sitze da, höre mir irgendwelche Debatten an und wundere mich, warum niemand aufsteht und brüllt: „Was soll die ganze Scheiße! Heiße Luft! Geblubber! Nichts Neues!" Aber nein, es wiederholt sich wieder und wieder. Sie glauben zu wissen, wie der Hase läuft. Denken: Einzig der eigene Gedankengang ist der schlüssige, unfehlbare. Obwohl das gar nicht sein kann. Dass man bei rund fünf Milliarden anderen Meinungen – oder besser: Schattierungen von Meinungen – genau richtig oder nur am nächsten dran liegt, ist so unwahrscheinlich, dass vermutlich eine Menge Menschen in ihrem ganzen Leben nicht einen Treffer landen.

Eben darum ist ja die Demokratie die einzige dem Menschen angemessene Staatsform, der Parteienstaat der einzig richtige Normgeber: Untersuchungsausschüsse, Vermittlungsausschüsse, gemeinsame Ausschüsse, Ministerkonferenzen, Anhörungen, Fragestunden, kleine Anfragen, Fraktionssitzungen, Koalitionssitzungen, Parteitage, und so weiter und so fort, Geschwaller ohne Ende. Checks and Balances. Egomanen, die sich aneinander aufreiben, die Meinungssuppe zischt und brodelt, Meinungs-Chaos, und am Ende das Destillat. Jeder ermüdet jeden, und am Ende ein dem Objektiven angenähertes Ergebnis. Insofern doch nicht ganz überflüssig, das mit den Meinungen. Aber soll man darum einfach etwas meinen? Sich irgendeine Meinung suchen?

Alternativ auch die devote Variante zur Meinung: Etwas glauben. Einfach drauflos glauben, irgendeine Religion zum Beispiel: „Du bist mein Hirte, befiehl, ich bin dein Schaf." Glauben lässt sich im Übrigen gut mit Meinungen verbinden: „Du bist auch ein Schaf, du weißt es nur noch nicht." Wer etwas meint, gibt sich irgendwie noch Mühe, aber etwas glauben ...?! Vielleicht wissen die Sterne ja Bescheid, oder die Karten ... oder Gott? Ja, Gott weiß alles, und was er weiß, ist unergründlich, und das ist gut so. Wir können in Ruhe fressen und ficken, und einen Sinn hat es auch noch. Weil ja alles von Gott kommt, und der ist der Sinn selbst, einfach weil er Gott ist. Außerdem passt er auf mich auf. Der, der alles Unergründliche weiß ... Gott ist gut, weil er nicht antwortet, wenn man mit ihm spricht. Er sagt nichts und er tut nichts. Richtig ausgelegt bedeutet das, er hat nichts einzuwenden. Er ist sogar sehr einverstanden und gibt mir seinen Segen. Und später dann, nach dem Ableben, geht's auf den Olymp mit frei ficken und frei saufen oder ähnlichem.

Muss der Mensch etwas meinen oder glauben, um zu existieren? Ist das Nichtsmeinen, ein Symptom von Lebensuntüchtigkeit? Und hat man ohne Meinen oder

Glauben kein Zuhause? Bedeutet Nichtsmeinen Selbstaufgabe? Ist das simple, einzig wahre *ich kann es nicht wissen* zu wenig? So ist es wohl. Ich sollte es mal wieder versuchen mit der eigenen Meinung. Nihilisten und Agnostiker haben wenig vom Leben (Nihilist bin ich eigentlich nicht, oft spüre ich sogar etwas stark Moralisches in mir. Mir fällt nur kein anderer Ausdruck ein, mit dem ich es beschreiben könnte, ich sollte mehr lesen). Vielleicht hätte es dann auch ein Ende mit meinen Entscheidungsschwierigkeiten.

Der Fernseher berichtete über einen Selbstmordanschlag in Bagdad, und Gregor meinte, dass die Selbstmordattentäter ganz schön konkret drauf seien, wie die das so durchziehen. Ich fragte mich, warum Gregor über Selbstmordanschläge im Irak nachdachte, weil sich ja außer den Medien niemand um die Anschläge kümmerte oder darüber redete. Schließlich wurde fast täglich eine große Zahl Menschen in die Luft gejagt. Natürlich hatte er recht. Also damit, dass die ganz schön konkret drauf sind. Das war nicht immer so. Ich erinnerte mich an ein Referat, das ich mal in der Schule über den Anschlag auf Franz Ferdinand gehalten habe, den österreichischen Thronfolger. Der hatte damals – nicht zu meiner Schulzeit, sondern sehr viel früher, nämlich 1914 – mit seiner Frau Sophie einen Besuch in Bosnien gemacht. Dort gab es viele bosnische Serben, die den Erzherzog nicht besonders mochten. Sie kannten ihn zwar nicht persönlich, waren sich aber aus politischen Gründen sicher, dass ein toter Franz Ferdinand besser als ein lebendiger war. Franz Ferdinand wusste das schon vor seinem Ausflug, meinte aber, wie es sich für einen echten abendländischen Prinzen gehört: „In Lebensgefahr sind wir immer. Man muss nur auf Gott vertrauen!" Leider hat sich Franz Ferdinands Vertrauen nicht bezahlt gemacht. Vielleicht, weil seine Attentäter auch auf Gott vertraut haben, und Gott ja nicht zwei sich einander ausschließende Vertrauensbeweise erbringen kann. Jedenfalls ist F. F. dann irgendwann in einer Kolonne von sechs Autos durch Sarajevo in Richtung Rathaus gefahren. Auf dieser Strecke wollten ihn seine Feinde dann über den Jordan schicken. Vielleicht wollten sie ihn auch woanders hin schicken, ich weiß nicht, wie die sich das so vorgestellt haben mit dem Tod. Jedenfalls wollten sie F. F. zu einem Ortswechsel zwingen. Weil die Attentäter damals aber nicht so konkret drauf waren wie die in Bagdad, und sich dessen offenbar bewusst waren, hatten sie sich entlang der Strecke gleich zu mehreren aufgestellt und mit Bomben sowie Zyankali ausgestattet. Der Zweite war also Reserve für den Ersten, der Dritte für den Zweiten, der Vierte für den Dritten und so weiter. Jedenfalls sollte sich die Taktik mit der Reserve für die Reserve für die Reserve ... als nicht vorausschauend genug erweisen, weil aufgrund einer Verkettung unglücklicher Umstände zunächst keiner der Attentäter einen Erfolg verbuchen konnte. Als die Kolonne nämlich an Mehmedbašić, dem erstpostierten, vorbeirollte, konnte der seine Bombe gar nicht werfen. Schließlich hatte man ihn angewiesen, die Bombe nur dann zu werfen, wenn er den Wagen des Erzherzogs erkannte. Dies hatte er aber, wie er später berichtete, nicht getan. Der nächste Posten war ein Mann namens Čabrinović. Čabrinović gelang, was seinem Vormann nicht gelungen war, und erkannte Franz Ferdinands Wagen. Er entsicherte darum seine Bombe und warf sie auf sein Ziel. Franz Ferdinand aber hob geistesgegenwärtig seinen Arm, an dem die Bombe abprallte und erst vor dem hinter ihm fahrenden Wagen explodierte. Dabei wurden zwar einige Personen verletzt, nicht aber der Thronfolger. Čabrinović wollte dann wenigstens noch den zweiten Teil des Plans ordnungsgemäß ausführen und schluckte seine Zyankalikapsel, um dann auf Nummer sicher in einen an der Straße entlang führenden Fluss zu springen. Leider bekam ihm das Zyankali nicht, so dass er es sofort wieder auskotzte. Auch war der Fluss nicht besonders tief. Der kotzend im Fluss stehende Čabrinović wurde also einfach verhaftet und abgeführt. Die Kolonne fuhr dann weiter und blieb auch beim dritten Posten, einem Mann namens Čubrilović, unbehelligt, der in der Ausführung durch Mitleid mit der Herzogin verhindert war. Popović, der vierte Posten, konnte ebenfalls nichts ausrichten, da er, wie er später aussagte, Angst bekommen und nicht mehr gewusst hatte, wie ihm geschah.

Im Rathaus angekommen war Franz Ferdinand stinksauer und wandte sich an den Bürgermeister, der gerade zu einer Begrüßungsrede angesetzt hatte: „Herr Bürgermeister, da kommt man nach Sarajevo, um einen Besuch zu machen und wird mit Bomben beworfen! Das ist empörend!" Hat er ja irgendwo recht gehabt, der Franz Ferdinand, das ist schon eine ärgerliche Sache, mit Bomben beworfen zu werden. Nach dem Besuch im Rathaus hat sich der Prinz dann wieder mit seiner Kolonne auf den Weg gemacht, um abermals quer durch Sarajevo zu fahren. Seine diesbezüglichen Sicherheitsbedenken hatte kurz zuvor Gouverneur Potiorek, Organisator des Besuchs, ausgeräumt: „Eure Majestät können ruhig weiterfahren, ich übernehme dafür die Verantwortung!" Angesichts des auf Franz Ferdinands Ableben folgenden Ersten Weltkriegs kann ich mir nicht vorstellen, dass vor oder nach Potiorek schon mal irgendjemand spontan so viel Verantwortung übernommen hat. Andererseits ist, glaube ich, später auch keiner auf ihn zurückgekommen wegen der Verantwortung. Zumindest musste er Europa nicht alleine wieder aufbauen. Die Geschichte ging jedenfalls so aus, dass Franz Ferdinand und seine Frau Sophie von einem Mann namens Princip auf ihrer Weiterfahrt erschossen wurden. Der schluckte dann auch Zyankali, um es wieder auszukotzen und versuchte dann, sich mit seiner Pistole zu erschießen, die ihm jedoch aus der Hand gerissen wurde.

Wir gingen zur Tanke und versorgten uns mit frischen Zigaretten, einer Flasche Wodka und zwei Flaschen O-Saft. Hochprozentiges ist doch etwas ganz anderes als Bier oder Wein. Es bringt einen einfach viel weiter nach vorne. Wir waren in Hochstimmung. Wieder bei Gregor, mixte er uns zwei Gläser, jeweils mit etwas Eis. Wir saßen an seinem Rechner und guckten Videos auf Youtube. Darunter der niesende Panda, der tanzende Kakadu, die bellende Katze, das Mädchen, das auf einer Party versehentlich in den Pool scheißt, die entgleisende Achterbahn, das Karussell des Todes, Corey, das Partykid aus Melbourne. In einem Pet-Shop-Boys-Video sahen wir blutjungen Nonnen beim Tanzen zu. Wir sahen Jimi Hendrix mit den Zähnen Gitarre spielen, dann Richard Ashcroft singend und stoisch die Straße hinunterschreiten. Wir sahen Tone-Loc rappen, sahen Bob Dylan stoned in einer Küche sitzen und bestaunten diverse Gitarrengötter sowie Jake Shimabukuro, den König der Ukulele.

Gregor erzählte von irgendeinem Mädchen. Gregor ist ein großer Weiberheld muss man wissen. Er stellt ganz komische Sachen an mit den Mädchen und sie lieben ihn trotzdem. Mit komischen Sachen meine ich nicht, dass er sie nicht mehr anruft oder betrügt oder sowas. Darum geht es gar nicht. So etwas nehmen ihm die Mädchen sowieso nicht übel. Es ist wirklich unglaublich: Mädchen nehmen Gregor gar nichts übel. Sie sind höchstens traurig und glauben, sie hätten irgendetwas falsch gemacht. Gregor darf alles. Es ist für Mädchen eher eine Gnade, wenn er sich mit ihnen einlässt. Sie sehen in ihm wohl eine Art Sternschnuppe, von der man nicht erwarten kann, dass sie bleibt. Vielmehr darf man sich glücklich schätzen, dass sie so nah an einem vorüberzieht und das eigene Sein kurz und hell erleuchtet. Außerdem plagt Gregor nie ein schlechtes Gewissen, das ist nicht sein Ding. Es ist ja so: Die Tat ist weniger entscheidend als gemeinhin angenommen. Wichtiger ist, wie sich der Täter zu seiner Tat verhält. Wer sich schämt und bereut, wird gestellt. Vor allem Mädchen haben für so etwas ein Gespür. Die gleiche Tat, ausgeführt von zwei verschiedenen Tätern: Nicht unwahrscheinlich, dass der eine am Ende als gemeiner Krimineller, der andere aber als Schlitzohr dasteht. Jedenfalls spielt Gregor mit offenen Karten, und wenn er ein Mädchen kennenlernt, grast er gleich noch alle Freundinnen mit ab, und am Ende schwärmen sie sich gegenseitig von ihm vor. Vielleicht liegt es daran, dass Gregor etwas Väterliches hat und nie schlecht über jemanden redet. Die Mädchen vertrauen ihm und begeben sich gerne in seine freundliche, fachmännische Behandlung, er ist so eine Art Dr. Brinkmann für Liebesangelegenheiten. Jedenfalls läuft das immer alles sehr harmonisch ab.

Ich erinnere mich an einen Abend bei Gregor, als ein wirklich tolles Mädchen vorbeikam, eine Bekannte von Gregor. Wir haben zusammen getrunken, geredet und gelacht, und dann lagen wir zu Dritt im Bett. Irgendwie – Magie – hatte Gregor das eingefädelt. Es war einfach nur harmonisch und schön. Danach haben wir alle drei noch einen Film gesehen, und später hat sie sich ganz zufrieden und mit einem Kuss für jeden von uns verabschiedet. Ich kam mir nicht im Geringsten dreckig vor bei der Angelegenheit. Gregor meinte nur: „Und? Nettes Mädchen, oder?“ Da wo andere vielleicht so etwas sagen würden wie: „Geil Alter, die haben wir ordentlich gefickt, die Schlampe!“

Wie dem auch sei: Gregor hatte bei einem Hip-Hop-Tanzkurs – bei so seltsamen Zeitvertreiben wird Gregor fündig – ein Mädchen kennengelernt. Bei deren Freundin war die Party in der Schanze, zu der wir später wollten.

Gegen elf leerten wir die Wodkaflasche und mixten uns zwei letzte Gläser, dann brachen wir auf zu Ulf. Der wohnt schon fast in der Schanze.

Im Suff am Freitagabend in der Bahn Richtung Stadt! Ich liebe das. Wie dieses warme Gefühl in Downtown von Petula Clark. Das Lied beschreibt es: Lichter in der Nacht, alles wartet auf dich, sagenumwobene unwirkliche Orte, an denen die Nacht niemals zu Ende geht: How can you lose? / The lights are much brighter there / You can forget all your troubles, forget all your cares / So go downtown / Things will be great / When your downtown / No finer place for sure – downtown ... Rauschhafte Energie, erregte Gesichter, alle in dieser freudigen Erwartung, die es so nur beim Abenteuer Ausgehen gibt.

In der Bahn haben wir dann ein paar Teenager-Mädchen angequatscht und viel gelacht. Manchmal denke ich, Mädchen entwickeln sich zurück, zumindest in Witz und Charme. Wenn sie anfangen, genauer zu wissen, was sie wollen, geht viel verloren. Dann bekommen sie so eine Art Standesbewusstsein und haben entsprechende Allüren. Wen sie nicht als Boyfriend-Material ausmachen, blitzt ab. Sie werden unromantisch und pragmatisch. Was sie ja ohnehin schon sind. Wie schnell mittlerweile die Frage kommt, was man denn so macht, erschreckt mich. In der Schulzeit ging es um nichts als bloße Attraktion. Da hat einen kein Mädchen gefragt: „Und, wie hast du in deiner letzten Matheklausur abgeschnitten?“ Es ging ganz schlicht um die Frage, ob der Typ cool ist, süß aussicht und so weiter. Solche Kategorien jedenfalls.

Die Mädchen in der Bahn jedenfalls waren frei raus. Das hat mich um Jahre zurückversetzt. „Nimm mal deine Cap ab!“ „Iiiiihh, was hast du denn für komische Haare, du hast ja überhaupt keine Frisur!“ Gegacker. Ich liebe das. So ganz einfach. Nun ja, ich komme mir schon vor wie der alte Humbert Humbert.

FÜNF

Klingeln bei Schmitt. „Jo?“, ertönte es aus der Gegensprechanlage. „Jo“, ließ Gregor neben mir vernehmen. Die Tür summte. So kann man es auch handhaben, wenn man die Gegensprechanlage unbedingt benutzen, dabei aber ohnehin aufmachen will. Ulf, Barne und Bob saßen in der Küche. Sie hatten schon fast einen Kasten geleert, und Ulf und vor allem Bob machten auf Bierproll. Gibt es ja solche Leute. Kommen eigentlich gar nicht aus so einem Milieu, aber wenn sie saufen, mutieren sie zu den übelsten Proleten. Die haben so eine bestimmte Vorstellung vom Saufen und ziehen es dann im Stil Wikinger-Gelage durch. Ich hege den Verdacht, dass sie sich das als kleine Jungs im Fußballstadion abgeguckt haben, oder von ihren Vätern. Ich bin als Kind nicht ins Fußballstadion, und meine Eltern haben auch nie groß getrunken. Darum musste ich mir alles selber beibringen und steh nicht unter dem Druck, irgendeinen Trinkstil einhalten zu müssen. Jedenfalls war jetzt alle zwei Minuten Zuprosten angesagt, und ich musste mir mehrere Male ein „Prost du Sack!“ gefallen lassen. Mir war es recht. Hauptsache gute Laune. Gregor hatte noch etwas Koks dabei, und wir verzogen uns aufs Klo. Weil Ulf, Barne und Bob koksen nicht. Besonders gut war es nicht, schlecht aber auch nicht. So oder so, wir waren in Hochstimmung.

Barne hatte es gerade am Mittwoch erfahren: Er war zum dritten Mal durch eine BWL-Klausur gefallen. Und er war noch überspannter und launischer als ohnehin schon immer. In diesem Fall war es aber verständlich, weil er jetzt nicht mehr weiterstudieren durfte. Ganz schön harte Sitten bei den BWLern. Man wird dann einfach exmatrikuliert. Nach dreimal Durchfallen. Das ist noch schlimmer als die Exkommunikation, weil man nicht mehr zurück kann. Anders als die Kirche ist die wirtschaftswissenschaftliche Fakultät auch bei völliger Unterwerfung unter ihre Lehren nicht bereit, ihre verlorenen Schäfchen wieder aufzunehmen. Barne jedenfalls war trotzig und beleidigt. Er mäkelte fahrig-trunken rum, ohne ein bestimmtes Thema zu haben.

Bob für seinen Teil fing irgendwann an, mir Vorwürfe zu machen: „Moritz, du bist echt ein super Typ, aber ich trau dir nicht ..., mein Bruder hat das auch immer gesagt, trau Moritz nicht ...!“ Auch nach wiederholter Nachfrage habe ich nicht verstanden, warum man mir nicht trauen kann. „Nee, nee, nee, Moritz, ich trau dir einfach nicht, du hast immer so ..., nee ..., wie soll ich sagen, ja! ... so was im Gesicht ... in den Mundwinkeln, nee, nee ... geht einfach nicht.“ Naja, dann halt nicht, wir haben uns ohnehin immer gut verstanden, Bob und ich. Ob Bob mir nun traut oder nicht. Barne aber war jetzt stellvertretend für mich beleidigt und machte Bob ganz allgemeine Vorhaltungen, nämlich, dass Bob nicht „immer so viel Scheiße labern“ solle. Ich habe Barne dann gesagt, dass ich es nicht so schlimm finde und irgendwann hatte es sich dann ausgemäkelt. Auf dem Tisch stand Ulfs alter Kassettenrekorder – der flache von ITT – und es lief AC/DC, die ganze High Voltage von vorne bis hinten. Eins der größten Alben aller Zeiten, meiner Ansicht nach.

Wie es genau gekommen ist, weiß ich nicht mehr. Bob hatte wohl angefangen, Barne zu erklären, warum er seiner – Bobs – Meinung nach ein drittes Mal durch diese Klausur gefallen war. Bob ist einer, der nichts besonders gut macht, aber auch alles irgendwie hinbekommt, was er sich vornimmt. Was aber auch nicht viel ist. Jedenfalls ist er insofern völlig anders als Barne, der eine ganze Menge draufhat, aber so viel hadert und mäkelt, dass er ständig scheitert, obwohl er zumindest problemlos das schaffen könnte, was Bob schafft. Bob weiß das natürlich, hat aber – so einfach wie er sich alles macht – überhaupt kein Verständnis für Haderer und Zauderer. Diesbezüglich jedenfalls Bobs Vorwürfe: „Barne, Alter, zieh einfach mal irgendwas durch, irgendetwas, Alter! Willst du dein Leben lang immer nur sagen, nee, das mag ich nicht, das passt mir nicht, das schaff ich nicht, immer nur der blöde Mäkel-Barne sein? Nee Alter, gib mal Gas, Alter!“ Das war das letzte, wonach mir in dem Moment war. Konnte ja alles sein, aber nicht am Freitagabend im Vollsuff kurz vor einer Party. Barne war völlig außer sich, er erklärte Bob, dass jener sich mit seinem „Mongohirn“ nicht die geringste Vorstellung davon machen könne, was in ihm – Barne – vorgehe. Bob: „Darum geht's gar nicht, genau darum geht's nicht, Alter! Hier geht's ausnahmsweise mal nicht ums Gehirn, sondern um Eier, einfach nur um Eier, Alter!" Der Bierproll kam jetzt voll durch. Barne sprang dann plötzlich auf, langte quer über den Tisch, fegte dabei einige mehr oder weniger volle Flaschen Bier runter und touchierte Bob dann doch nur leicht an der Schulter. Der fing dann noch völlig unangemessen an loszuprusten, worauf Barne Anstalten traf, sich an Ulf und dem Kühlschrank vorbei zu Bob vorzuarbeiten, um ihn treffsicherer bearbeiten zu können. Gregor und ich zogen ihn dann aus der Küche, während Bob im Hintergrund weiterprustete: „Barne Alter, das geht gar nicht, Alter!" Was für ein erbärmliches Schauspiel! Das machte mich alles völlig fertig. Wir sind dann mit Barne in Ulfs Zimmer und haben so lange auf ihn eingeredet, bis er Bob nicht mehr umbringen wollte. Jedenfalls wollte er aber nie wieder auch nur irgendetwas mit Bob zu tun haben, und wenn man sich fortan mit ihm treffen wolle, dann nur noch ohne Bob und so weiter und so fort. Außerdem wollte er jetzt schleunigst nach Hause, der Abend sei gelaufen. Wir haben ihm gesagt, dass wenn dann Bob gehen müsse, es aber eigentlich am besten sei, wenn alle beide blieben, und dass man das ja alles aus der Welt schaffen könne. Das hielt Barne aber für völlig ausgeschlossen. Ich musste ihm dann seine Jacke aus der Küche bringen, und dann war Barne weg.

Bob tat es schnell leid, und er rief Barne mehrfach an. Einmal hat Barne dann abgenommen und so etwas wie „Verpiss dich aus meinem Leben, Mongo!“ ins Telefon geschrien. Das Ganze war schon ziemlich scheiße für Barne, aber wir haben uns nicht mehr allzu lange mit der Sache aufgehalten, wir wollten uns die Laune nicht verderben lassen.

Gegen eins machten wir uns auf den Weg zur Party, von Ulf waren es nicht mehr als zehn Minuten Fußweg. Gregor und Bob aßen noch einen Döner in der Dönerbude neben der Roten Flora. Ich bestellte eine Pommes ohne alles. Weniger, weil ich Hunger hatte, sondern um auch etwas zu bestellen, und weil man bei dem ganzen Gesaufe zwischendurch mal etwas essen muss. Das habe ich früher oft vergessen. Wenn ich erstmal richtig am Feiern bin, vergesse ich so gut wie alles.

SECHS

Klingeln bei Konzcak. Die Tür summte. Wobei der fehlende Einsatz der Gegensprechanlage wohl der Party geschuldet war und keinen Rückschluss auf den Charakter des Türöffners zuließ. Schon im Treppenhaus stand alles voll mit Leuten. Vor mir stiefelte ein dickes blondes Mädchen im Minirock die Treppe hoch. Ihr fetter Hintern schaukelte direkt vor meinem Gesicht, was mich ziemlich geil machte. Umso besoffener ich bin, desto empfänglicher werde ich für ausgeprägte sekundäre Geschlechtsmerkmale. Und wenn ich dazu noch kokse, werde ich nochmal doppelt bis dreifach so geil. Wie dem auch sei, ich träumte kurzzeitig davon, mein Gesicht in diesem prachtvollen Riesenhintern zu vergraben.

Umso höher wir stiegen, desto mehr Leute. Und überall hübsch zurechtgemachte Mädchen. Jedenfalls war es nicht so eine verwanzte Räucherstäbchenzeckenparty. Ich wurde immer euphorischer. Bob schmetterte indessen seine Bierflasche an die Bierflasche eines Stehkragen-Schnösels und wünschte ihm ein lautes „Prost du Sack!“ Auch der Schnösel entpuppte sich als Bierproll und gab begeistert ein ebenso lautes „Prost du Sack!“ zurück. Bob war fürs Erste untergebracht. Gregor, Ulf und ich arbeiteten uns weiter vor zum vierten Stock. Wo dann ein mörderisches Gedrängel war, und ich schlug vor, erst einmal weiter hochzusteigen, für einen Zwischenstopp. Was wir taten. Im sechsten Stock ging es durch eine Tür auf den Dachboden. Wir fanden den Lichtschalter und dann auch einen offenen, leeren Verschlag, in dem wir uns auf dem Boden niederließen.

Ulf dämmerte, worauf es hinauslief. „Och nö, Jungs, trinkt doch einfach, ist doch so lustig genug. Immer dies scheiß Gekokse."

Zwar hatte er recht, ich meine, man kann da gar nicht falsch liegen, wenn man so etwas sagt. Ich bin da auch nicht stolz drauf, wenn ich kokse. Aber an so einem Abend wie diesem Freitagabend würde ich niemals, nicht einmal kurz, nur einen einzigen Gedanken daran verschwenden, dass es vielleicht besser wäre (es gibt ja, wie allgemein bekannt, viele gute Gründe, keine Drogen zu nehmen, ich werde die jetzt nicht einzeln auflisten, wer will kann sich auf irgendeiner Website informieren), in jenem Moment nicht zu koksen. „In den Strudel geraten", nennt Gregor das. Ich meine, das ist wirklich wie ein Strudel: Erst der Alkohol, für die Willenlosigkeit. Dann diese Feiertagsstimmung, die nun einmal aufkommt, wenn man mit Leuten trinkt, diese Stimmung, die einem sagt: „Heute ist alles erlaubt!" Die Begeisterung, wenn man lachende, hübsch zurechtgemachte Mädchen sieht. Und dann liegt die Sache mit dem Koks irgendwann auch nicht mehr so fern. Das hängt sicher auch mit meiner Gier, meinem Steigerungsbedürfnis zusammen, ich hatte diese Sekundäruntugend ja schon erwähnt. Es ist eigentlich nicht wert, darüber zu reden, manche tun es, die meisten nicht, jeder wie er mag, leben und leben lassen, hatten wir ja schon.

Ulf fing von einem Klassenkameraden an, der als heroinabhängiger Stricher auf dem Hauptbahnhof gelandet ist und sich den goldenen Schuss gesetzt hat. Ich kannte den Typen sogar, wir haben mal zusammen Fußball gespielt. Ich finde das auch tragisch. Außerdem habe ich das Gefühl, eine ähnliche Geschichte schon einmal hautnah miterlebt zu haben, weil ich in jungen Jahren Christiane F. gelesen habe. Was mich damals ungemein beeindruckt hat. Ich bin unsicher, ob mich das Buch was Drogen angeht eher abgeschreckt oder fasziniert hat. Ich denke, beides. Jedenfalls war die Lektüre meine erste – sogar sehr intensive – Drogenerfahrung. Gewissermaßen.

Egal wie man der Sache gegenübersteht: Man sollte bei Drogen jedenfalls nicht dieses Schubladendenken an den Tag legen. Diese kategorisierende Denke von den Einstiegsdrogen, von nach zwangsläufigen Mustern verlaufenden Drogenkarrieren. Das hilft keinem weiter. Das ist an der Realität vorbei. Es gibt Leute, die saufen oder koksen regelmäßig ihr Leben lang, und alles ist in Ordnung. Dann gibt es andere, die ziehen nur einmal eine kleine Nase, und zwei Monate später wohnen sie auf dem Hauptbahnhof. In Bezug auf Menschen und ihre Lebensläufe „verbietet sich jede schematische Darstellung“, um ein Zitat des Bundesgerichtshofs zu verwenden, das dieser allerdings in Bezug auf die bereicherungsrechtliche Rückabwicklung im Dreipersonenverhältnis formuliert hat. Wie dem auch sei, wir machten ein paar Aussagen wie: „Wir machen das ja nur ab und an am Wochenende“, „Dafür kiffst du dir jeden Tag die Birne dicht“, und ließen uns im Übrigen nicht weiter stören. Ulf bastelte sich eine Tüte und entspannte. Ich kiffe schon lange nicht mehr, ich muss dann immer so viel nachdenken, das tue ich so schon genug. Es wurde sehr gemütlich da oben. Ich hatte ein enormes Mitteilungsbedürfnis, und wir haben uns gegenseitig erzählt, warum wir so tolle Typen sind, wie gern wir uns haben, dass das ja eine wirklich einzigartige Freundschaft ist und so weiter. Und wir haben alte Geschichten, Heldentaten, ausgepackt und Tränen gelacht.

Es ist wirklich schade, dass ich nicht immer so glücklich und euphorisch bin. Diese Energie, die man dann hat, ist unglaublich. Warum ist man (bin ich) nicht von Natur aus so? Was spricht dagegen? Ich habe mal ein Zitat von irgendeinem Dichter gelesen, ich erinnere mich weder an seinen Namen noch an den genauen Wortlaut. Der Mann hat so um 1900 herum gelebt und mit irgendeiner stark euphorisierenden Droge experimentiert. Er stellte jedenfalls in etwas Folgendes fest: „Nicht zu fassen, mein ganzes Leben bin ich auf der Suche nach dem Glück, und jetzt finde ich alles Glück der Erde in dieser kleinen Kapsel!“ Na ja, so ist es wohl. Wenn einem die Natur kein sonniges Gemüt mitgegeben hat, dann muss man entweder schwer verliebt sein oder mit Substanzen nachhelfen. Nicht, um ab und an ein wenig zufrieden zu sein, das geht auch so. Bei mir jedenfalls. Aber wenn man richtig vom Glück geschüttelt werden, vor Glück zittern möchte, dann geht's nicht anders. Es sind aber nun einmal diese Momente, für die es sich zu leben lohnt. Wenn das Grundgefühl im Leben traurig ist, dann sehnt man sich nach nichts so sehr wie nach einem Haufen Glück, Glück satt, und wenn es nur für kurze Zeit ist. Deswegen lasse ich mir auch nicht gerne reinreden bei der Sache. Es ist in Ordnung, wenn jemand schon einfach so, ohne Hilfsmittel, glücklich ist. Ich bin es nicht. Und ich habe ein Recht darauf, wenigstens von Zeit zu Zeit in die Welt der Glücklichen zu treten, selbst, wenn ich danach mit drei Tagen brennendem Unglücklichsein bezahlen muss.

Das Bittere an den Drogen ist, sie beweisen: Glück ist ein chemischer Prozess. Mit den richtigen Drogen wäre man sogar glücklich, wenn man in einer Mülltonne hausen würde (nimmt Grobi aus der Sesamstraße Drogen? Was ist mit Diogenes?). Man strampelt sich ab, baut sich ein Leben, baut jeden Tag, unter großer Anstrengung, in dem Glauben, dass man sich irgendwann ein Haus glücklich machender Lebensumstände gebaut haben wird. Und irgendwann dämmert es einem: „Du wirst niemals ankommen, niemals Richtfest feiern!" Dein Hirn macht nicht mit, da funzt irgendetwas nicht richtig. Wenn ich jetzt nicht glücklich bin, in meiner

Studentenzeit, der Zeit, die glücksfähige Menschen oft als ihre glücklichste bezeichnen, dann werde ich es auch nicht mehr. Ich werde mein Leben in weitestgehender Glücksaskese verbringen. Darum pfeif ich mir ab und an – nicht ständig, Leben will ich trotz allem – irgendetwas rein oder besauf mich einfach.

Das erste Mal schöpfte ich Verdacht, als ich eine Folge aus der ersten Staffel von Big Brother gesehen habe. Das ist diese Containershow, wo Menschen in einen Wohncontainer einziehen und dann per Kamera von der Nation observiert werden. Sie läuft, glaube ich, immer noch auf irgendeinem Sender. Die Sendung war damals ziemlich umstritten, man kann sich das gar nicht mehr vorstellen. Jedenfalls gab es da einen Kandidaten namens Jürgen. Der hat einem Containergenossen erzählt, dass er einfach immer gut drauf ist, und dass sich seine Arbeitskollegen immer wundern, wenn er morgens schon pfeifend zur Arbeit kommt. Da habe ich mich auch gewundert und gefragt: „Warum ist dieser Vollhorst nur glücklich? Wenn der schon glücklich ist, dann müsste ich doch jeden Morgen vor Glück schreiend in die Schule kommen (damals ging ich noch jeden Tag eben dort hin)!"

Ich finde ein Erlebnis nicht künstlich, nur weil man es unter Drogen erlebt oder ohne Drogen nie erlebt hätte. Ich meine, es handelt sich trotz allem um einen selbst, nur ein wenig getunt halt. Man wird ja nicht mit einem Mal zu einem anderen Menschen. Wenn man ein

Junkie ist vielleicht, mit der Weile, aber sonst nicht. In vino veritas. Und nicht nur im Wein. Es ist schön zu sehen, was so in einem schlummert. Wie schnell man in Wirklichkeit reden kann, um nur ein Beispiel zu nennen. Auch wenn diese ganze Wolke aus Sympathie und Wonne, auf der man dann schwebt, oder besser: die man dann ist, schnell verpufft: Sie war da, und es war schön. Beständigkeit im Leben, in den Gefühlen, im Zwischenmenschlichen ist ohnehin eine Illusion. Wer danach strebt, kann nur verlieren. Ich verliere jeden Tag. Ich meine, jeder strebt irgendwie nach Konstanz. Heute noch hast du für einen Menschen geschwärmt, dich von ihm verstanden gefühlt und morgen ist schon alles wieder hinüber, weil einfach alles anders als am Vortag ist. Ob es sich da um ein gemeinsames Besäufnis (oder Bekoksnis) und den nächsten, nüchternen Tag oder zwei aufeinanderfolgende Tage mit einem Arbeitskollegen handelt: Da bestehen keine großen Unterschiede.

Eine Art Beständigkeit gibt es aber bei Freunden, Familie, Freundin. Nämlich weil man da immer wieder dazu bereit ist, einen neuen Versuch zu wagen, ein besonderes Bedürfnis danach hat, mit genau diesem Menschen wieder Momente der Sympathie zu erleben. Gepaart mit einer gewissen Zuversicht – getragen von Erfahrung – dass es wieder und wieder gelingen kann.

Wie dem auch sei: Man hat schon viel gewonnen im Leben, wenn man sich klarmacht, dass man allein ist. Nur mit dieser Grundannahme lässt es sich ruhig schlafen, nur dann kann man sich immer wieder an (unverhoffter) Vertrautheit, Zweisamkeit, Sympathie berauschen. Andersherum bestünde das Leben nur aus Enttäuschungen. Erwarte keine Konstanz von deinen Mitmenschen, du hast sie selbst nicht im Angebot.

SIEBEN

Wir begaben uns auf den Weg zurück in den vierten Stock. Im Gedrängel dann eine hübsche Brünette neben mir. Ich stellte mich vor: „Waldheim, schönen guten Abend, wie ist Ihr werter Name?“ Sie lachte (ich auch, ganz glücklich und euphorisch): „Schmitz, sehr erfreut“. Wir reichten uns die Hände, und ich deutete eine Verbeugung an. Ich habe nämlich herausgefunden, die Mädchen mögen das ganz gerne mit dieser 50er-Jahre-Peter-Alexander-Nummer. Dann streckte mir der Typ neben ihr – ich hatte ihn nicht wahrgenommen – seine Hand entgegen – nicht ohne seine andere Hand an ihren Arsch zu legen – und meinte mit einem falschen, streitlustigen Grinsen: „Rudi, schönen guten Abend“. „Guten Abend Rudi, schön, dass du da bist.“ Hat der gleich sein Revier abgesteckt, der Vollidiot, am besten, er pinkelt sie noch an. Das war so ein komischer Jeans-Store-Typ: Hellblaues Longsleeve mit dickem Diesel-Logo, vernähte, auf Vintage gemachte Jeans und ein dicker Nike-Basketball-Turnschuh, darunter sein bei McFit nur halbwegs gestählter Pseudo-Kuschelrock-CD-Cover-Körper. Da war ich schon etwas enttäuscht von Fräulein Schmitz. Es ist seltsam, diese Typen kommen gar nicht so schlecht an bei den Mädchen. Ob das etwas mit Vertrauen und Geborgenheit zu tun hat? Mit der Suche nach Beständigkeit? Ich mein, diese Jungs sind schon sehr durchschaubar, bei Rudi wird’s nicht viele Überraschungen geben. Denke, Rudi wird einmal den Betrieb seines Vaters übernehmen, ansonsten seinem Hobby Fußball nachgehen, ab und an mit seinen Vereinskameraden einen saufen und im Übrigen zu Fräulein Schmitz' Diensten sein. Die kann dann ihren Kindern kleine Diesel-T-Shirts kaufen und sich seelenruhig, befreit von aller Spannung, mit Brigitte und Nagellack auf der von Buchsbaum und Jägerzaun gerahmten Terrasse in der Sonne aalen.

Gregor stand dicht hinter mir und lachte mich an. Ich war weit davon entfernt, schlechte Laune zu bekommen. Ich spürte, wie es in meiner Hosentasche vibrierte und nahm ab. Bob war dran (Bob heißt laut Perso übrigens Robert und kommt nicht aus dem angloamerikanischen Raum oder sowas). Ich verstand kein Wort. Das lag an der Lautstärke um mich, vor allem aber um Bob herum. Sicher war er schon in der Wohnung. Wir drängelten uns durch die Wohnungstür und machten gleich rechts die Küche aus. Außer einer Menge Menschen standen da tatsächlich Teller, Platten und Schüsseln mit Gemüsestreifen, Hackbällchen, Kartoffelsalat, Nudelsalat, Fladenbrot, Tzatziki, Käse-Weintrauben-Spießen, Kuchen, Keksen, Chips, Erdnuss-Flips, Haribo und so weiter. Ich finde so etwas toll. Das ist dann wirklich eine richtige echte Party, wenn es sowas gibt. Wenn von uns einer feiert, dann gibt es gar nichts zu essen. Erstens ist das zu aufwändig, zweitens kann ja jeder vorher essen, es geht ja ohnehin nicht vor neun los, und drittens gehört ab einem gewissen Alter einiges an Mut dazu, das klassische Hackbällchen-Käseigel-Buffet aufzufahren. Was ich sagen will, ist, dass man sich im Schulalter ganz selbstverständlich über Hackbällchen, Kartoffelsalat und Gummibärchen freut und nicht auf den Gedanken käme, subversive Fragen dazu zu stellen. Schon ab etwa 18 - 20 Jahren findet hier aber bei vielen ein Umdenken statt. Es gibt Leute, die dann in einem biederen Vorort-Mindset denken, man dürfe nur noch Antipasti oder Sushi auftischen.

Ulf griff sich Pappteller und Plastikgabel und häufte Hackbällchen und Nudelsalat auf, darüber dann eine Megaladung Ketchup. Wahrscheinlich hatte er vom Kiffen einen ziemlichen Hunger (der so genannte Fressflash, in meiner Kifferzeit habe ich dann gern Mal eine Tüte Toastbrot mit Nutella oder eine Packung Nudeln mit Remoulade weggeatmet). Ich hatte keinen Hunger, machte mich aber über das Haribo her. Ich bin einer der größten Liebhaber von Weingummi und Lakritz und muss mich ständig zurückhalten, wenn ich am Süßigkeiten-Regal vorbeikomme. Manchmal gönne ich mir doch etwas und stehe dann oft bis zu zehn Minuten vor dem Regal, nehme mir die eine Tüte, wäge sorgfältig ab, lege sie wieder zurück, nehme eine andere unter die Lupe und so weiter. Schon der Anblick dieser Vielfalt und herrlichen Farben beseelt mich. Ganz selten kommt es vor – ich stehe grundsätzlich vor dem Weingummi-Oder-Lakritz-Dilemma – dass ich mir gleich zwei Tüten mitnehme. Das ist dann ein berauschendes Gefühl, etwas ganz Besonderes, sehr verboten, aber ein Triumph. Ich leg dann zu Hause gleich los, öffne beide Tüten und stopfe mir abwechselnd Lakritz und Weingummi in den Mund, bis es irgendwann ein wenig zur Qual wird, der Genuss nur noch Erinnerung ist, ich aber dennoch weitermache, weil ich ja trotzdem weiß, wie gut es schmeckt. Dann ist mir irgendwann ziemlich übel. Ich glaube, dieses Verhalten hängt damit zusammen, dass wir früher beinahe nie Süßigkeiten zu Hause hatten. Mit meiner neuen Freiheit kann ich deswegen nicht gut umgehen. Mir kommt es tatsächlich verbotener vor, eine Tüte Gummibärchen zu kaufen als eine Flasche Gin.

Gregor interessierte sich nicht für das Buffet und war auf Bier aus. Er befragte einen Hippie und wurde auf den Balkon verwiesen, der von der Küche abging. Ich folgte Gregor. In der Brüstung lehnte, ganz allein, in sich zusammengesunken, mit hängendem Kopf und einer Flasche Bier in der Hand, Bob. „Hey Bob!" Bob hob mit einer kreisenden Bewegung seinen Kopf, fixierte mich mit leerem, glasigem Blick aus seinen roten Augen unter schweren und mühsam offengehaltenen Lidern. „Ey, Moritz, Alter, wo wart ihr denn? Ihr scheiß Typen! Ihr könnt mich! So eine Scheiße hier! Dieser scheiß Wichser droht mir Schläge an, und wo seid ihr?"

„Wer hat dir Schläge angedroht? Was war denn los?"

„Ey, keine Ahnung warum, keine Ahnung ..." Bobs Kopf sank wieder nach unten. Mit seinen Handknöcheln rieb er sich in den roten Augen rum. Dann warf er seinen Kopf zurück und flößte sich Bier ein. „Ey, scheißegal Mann, Party, Alter!“

Das ist schon komisch mit Bob. Der macht das immer so. Er lässt sich volllaufen und völlig gehen. Wie ein Schiff mit gebrochenem Ruder im sturmgepeitschten Meer. Kaum noch in der Lage, sich zu artikulieren, von Stimmungen und Launen geschüttelt, mit vernebelten Sinnen wogt er umher, eckt an, fällt um, grapscht Mädchen an, nimmt mit dreckigem Lachen irgendwelche Typen in den Arm oder Schwitzkasten, fängt sich eine, ist am Boden zerstört, lacht wieder und so weiter und so fort.

Gregor hatte drei Flens aus den Bierkästen gegriffen, und reichte uns jedem eins. Ich klopfte Bob auf die Schulter, prostete ihm zu, und er war glücklich: „Prost du Sack!“ Na also! Ulf trat mit vollem Mund und einem zufriedenen Lächeln auf den Balkon. Bob grapschte sich einige Hackbällchen von Ulfs Teller und stopfte sie sich alle gleichzeitig rein. Auch Bob schien es zu schmecken. Essen ist doch etwas sehr Erdiges und auch beruhigend. Wer schläft, sündigt nicht. Wer isst, auch nicht. Außer den Amis vielleicht, die essen nur ekliges Zeug und davon viel zu viel.

Am anderen Ende des Balkons standen zwei Typen und ein Mädchen. Die Jungs baggerten das Mädchen an, das das genoss und kokettierte. Sie war ganz routiniert dabei. Eins von den Mädchen, die es von der Schulbank an gewohnt sind, von jedem männlichen Wesen um sie herum auf die eine oder andere Weise angegraben zu werden. Jedenfalls war sie wirklich niedlich. So in Richtung 50er-Jahre-Frauenideal. Mit Augeneinsatz, mal weit aufgerissen, klimpernde Wimpern, gespieltes Erstaunen, süßes kleines Lachen. Ich weiß nicht, ich steh auf so was. Ich finde solche Mädchen auch nicht dumm oder lächerlich. Mich begeistert die Lebensfreude, die Freude am Spiel, an sich selbst und ihren Reizen. Vielleicht bin ich auch blöd, dass ich auf so etwas anspringe. Das würden mir jedenfalls die Mädchen vorhalten, die ganz entschieden etwas gegen diese Schauspiel-Schmerzmädchen haben. Machen kann ich dagegen aber nichts. Ich habe auch keine Lust, mich dagegen zu wehren. Meine Triebe haben mit Feminismus nichts am Hut. Andererseits würde es mich wahrscheinlich auch aufregen, wenn ich ein Mädchen wäre. Ich meine, wenn man jetzt eher der ernste Typ Mädchen ist, mit Intelligenz, Leistung oder so hervorstechen möchte und dazu vielleicht noch nicht einmal besonders hübsch ist, dann müssen einen diese Wimpernklimperinnen wirklich frustrieren.

Ich kann mir ohnehin nicht vorstellen, wie man es als Mädchen aushält. Es ist ja schon als Junge schlimm genug. Aber wenn man sieht, wie Mädchen miteinander umgehen, sich abgrenzen, gegenseitig ausgrenzen, eiskalt, erschreckend geübt sadistisch sind, dann bin ich doch froh, dass ich ein Junge bin und schlimmstenfalls eins auf die Fresse bekomme. Und dann diese alles erdrückende, übergroße Lebenskonstante der äußeren Erscheinung, dieses steife, unnachgiebige Korsett. So viele verschlossene Türen, die aufzubrechen einfach unmöglich ist. Genauso süß und berauschend wie die Schönheit für die Schönen ist, genauso bitter und unbarmherzig ist sie für die, die sie nicht besitzen. Bleiben nur Bunte oder Gala, um sich in unendlichem Masochismus immer und immer wieder vor Augen zu führen, was zu erreichen einem die Natur verwehrt hat.

Aber meine Perspektive ist unerheblich, ich kann das nicht beurteilen. Es ist alles eine Frage der Sozialisation, des Standpunktes. Wenn man als Mädchen aufwächst, muss man wohl oder übel mit diesen harten Realitäten umgehen lernen. Dann baut man sich etwa die Festung beste Freundin, diese Verbindung, die nicht zuletzt Kampfverband zur Verteidigung gegen andere beste Freundinnen ist. Und vielleicht ist es gerade der gegenseitige Terror, der dem Leben eines Mädchens erst das gewisse Etwas, die Würze verleiht. Vielleicht würde die Mädchenwelt, vor die Wahl gestellt, gemeinsam ein „Gesetz zur Bekämpfung des Zickentums und der Lästerei" zu beschließen und zu akzeptieren, in aller Entschlossenheit dagegen stimmen, um sich nicht um ein ganz elementares Vergnügen zu bringen. Im Übrigen will ich nicht so tun, als ob Männer zu hinterhältigem, schlangenhaftem Verhalten nicht ebenso fähig wären. Das beste Beispiel sitzt mir am Lehrstuhl gegenüber.

Drinnen lief irgendeine Reggaenummer. Ein sehr zufrieden aussehender rundlicher Typ mit Bier trat auf den Balkon und fing an, in Balu-Der-Bär-Manier (der aus dem Dschungelbuch) rumzuschunkeln. Dabei glotzte er grinsend in die Runde, verzog genussvoll seinen Mund, und schob im Takt den Kopf vor und zurück. Er ging offensichtlich ganz selbstverständlich von einer Art stillen Übereinkunft aus, derart, dass Reggae extrem cool ist, und man nicht anders kann als zu grinsen, den Mund zu verziehen und rumzuschunkeln. Ich konnte mich nicht überwinden, es ihm gleichzutun und prostete ihm zu, indem ich meine Flasche hob und ihn anlächelte (ich bin im Großen und Ganzen ein eher verklemmter Typ). Damit war er aber auch vollkommen zufrieden, zumal Reggaefan Ulf, von dem Dicken inspiriert, jetzt auch anfing, komische Bewegungen zu machen. Er breitete seine Arme aus, beugte seinen Oberkörper nach vorn und schunkelte um die eigene Achse, wobei er abwechselnd das eine, dann das andere Bein hob. Das sah so ein bisschen aus wie dieser Indianertanz im Doorsfilm, in der Szene, wo Jim Morrison den nackten Indianer trifft. Bob begann, im Rhythmus zu klatschen: „Hey Ulfi-Ulf, Ulfi-Ulf, jo, Ulfi-Ulf, geht ab, der Ulfi-Ulf, der groovt, der Ulfi-Ulf, hey Ulfi-Ulf, Ulfi-Ulf ...“

Gregor, dem es schnell langweilig wird und der immer Hummeln im Hintern hat, wollte reingehen, seine Bekannte suchen. Ich schloss mich an und blickte in der Balkontür über die Schulter, um mir noch einmal das

Mädchen anzuschauen. Sie sah das und lächelte mich an. Ich vergaß zurückzulächeln und drehte mich wieder um. Mit dem Mädchen-Zulächeln hab ich das nicht so richtig raus. Da ich im Allgemeinen wenig lächle, kommt es mir immer komisch vor, jemandem zuzulächeln, künstlich irgendwie. Es ist einfach anstrengend für meine Gesichtsmuskeln. Wenn ich lächle, dann fallen meine Mundwinkel auch ganz schnell wieder runter sowie ich mich nicht mehr darauf konzentriere. Das ist dann noch schlimmer als gar nicht zu lächeln. Ich habe mal gelesen, dass ein freundliches Gesicht die Muskeln eher entspannt. Stimmt nicht. Sowie ich meine Mundwinkel nach oben ziehe, spüre ich die Gesichtsmuskelkontraktion. Diese Theorie kann nur von so einem *Lach-Doch-Mal!-Menschen* stammen. „Lach doch selber, Arschloch!“ Ich weiß ohnehin nicht so recht, was es zu bedeuten hat, wenn ein Mädchen einen anlächelt. Das verwirrt mich eher. Soll man dann nur zurücklächeln? Was hat man davon? Gehört das zur unendlichen Leichtigkeit des Seins? Soll man hingehen und sagen, „Sag mal, du hast mich ja gerade angelächelt, magst du knutschen?“ Es ist wohl meine teutonische Verklemmung, die es mir unmöglich macht, diesen Dingen auf die Schliche zu kommen. Zum Glück bin ich ein hübscher Junge, sonst wäre es mit den Mädchen nicht weit her.

Also rein, durch die Küche, im Vorbeigehen den Raum auf Mädchen, Titten und Ärsche scannen.

Manchmal fühle ich mich wie der Terminator. Als hätte ich eine Software im Kopf, die mir ein Raster vorgibt, eine Mission, die mein Handeln determiniert. Genau wie der Terminator bin ich in meiner Mission gefangen, ich folge dem Programm. Es ist mir unmöglich, einfach so einen Raum zu durchschreiten, ohne mir ein Lagebild zu verschaffen. „Weibchen mit ausgeprägten sekundären Geschlechtsmerkmalen auf zwei Uhr", „Weibchen sitzend auf fünf Uhr, streng gebundener Zopf, große Augen, elegant, Figur nicht auszumachen, Gesamteindruck vielversprechend, im Auge behalten." Wie gern würde ich wieder abends im Bett liegen und den Nikolaus herbeisehnen oder ein Lego-Projekt entwerfen. Das ist leider schon seit über vierzehn Jahren vorbei. Verflucht der Tag, an dem ich anfing, fieberhaft davon zu phantasieren, in alles Weibliche einzudringen, sei es in meine Französischlehrerin, die dicke fünfzigjährige Nachbarin oder die Mädchen aus meiner Klasse, oder einer Klasse drüber oder einer Klasse drunter ... Sie sind überall! Und wenn sie nicht da sind, spuken sie einem durch den Kopf, hinterlassen ihre Abbilder, damit man sie ja nicht vergisst und einmal ein wenig Ruhe hat. Es ist schlimm. Wenn ich könnte, würde ich ohne Zögern zurück. Wenn sich der freie Wille in der Möglichkeit erschöpft, seine Unfreiheit wenigstens wahrzunehmen, dann gibt es ihn wohl. Allerdings stelle ich mir unter Freiheit sehr viel mehr vor. Hat mich die Natur wirklich nur dazu vorgesehen, Weibchen zu begatten? Bis zur

Pubertät darf ein Mann auch Mensch sein, danach nicht mehr? Nur noch ein dauerspitzes Häuflein Geilheit? Kein Wunder, dass die Mädchen die Jungs an der Schule und der Uni überrunden. Wenn sie nicht wären, wäre ich längst Professor in Harvard.

Aus der Küche ging es in den Flur, alles voll mit Partyvolk. Am Ende rechts dann eine Tür, die in ein geräumiges Zimmer führte. Auch hier alles voller Menschen. Es wurde getanzt. Ein befremdlicher Typ mit Hornbrille und Ralph-Lauren-Pulli ließ abwechselnd die geballten Hände emporschnellen, wackelte versonnen mit Kopf und Arsch und grinste dämlich. Ein Mauerblümchen tat es ihm gleich und war glücklich, dass sie wen zum Tanzen hatte.

Lisa kam auf uns zu, Gregors Bekannte. Lisa war der Hammer. Nachdem sie ihn mit Küsschen begrüßt hatte, wandte sie sich mir zu, streckte die Hand aus und meinte: „Lisa, Hi."

Mit einem autistischen Move schnellte meine Hand der ihren entgegen, und es quoll ein dümmlich unbetontes, viel zu leises „Moritz, Hi" aus mir heraus.

Ihr Kopf neigte sich vor: „Wie?"

Jetzt wurde es ganz schlimm: „Moritz, Hi", ließ ich abermals vernehmen. Diesmal viel zu laut, sie war ja nah dran jetzt.

Sie lachte mich an und meinte: „Hallo Moritz!"

Ich: „Hallo." Dann wandte sie sich wieder Gregor zu. Der war natürlich ganz locker. Ich stand dabei und sah linkisch grinsend zu, wie er sie zum Lachen brachte. Das alles machte mich fertig, ich leerte mein Bier, und flüchtete zurück auf den Balkon.

ACHT

Ulf, Bob und der Dicke standen immer noch da und redeten besoffenes Zeug. Noch in der Balkontür spürte ich einen Schlag auf dem Rücken, drehte mich um und vor mir stand Paul. Ich war wohl in der Küche an ihm vorbeigelaufen. Paul ist nett. Paul lässt sich einfach so durchs Leben treiben und verschwendet seine Jugend. Meine Laune wurde sofort besser, ich hatte gerade angefangen, mich ein wenig verloren zu fühlen. Paul und ich treffen uns nur alle zwei Monate mehr oder weniger zufällig, aber gefühlt sind wir gute Freunde. Jedenfalls spüre ich das jedes Mal so, wenn ich ihn treffe. Manche Menschen sieht man über Jahre täglich und trotzdem ist da nichts. Sie könnten einen jederzeit hängen lassen. Bei Paul bin ich mir sehr sicher. Er ist einer von denen, die sich einmal und dann grundsätzlich entscheiden, ob sie jemanden mögen und wie sehr.

Paul wollte koksen, und wir machten einen Abstecher zu Pauls Stamm(einkaufs)kneipe um die Ecke. Wir bestellten uns ein Bier am Tresen, an dem sich Paul und ein anderer Typ zunickten, und schließlich – einer nach dem anderen – auf Klo verschwanden. Paul kam zurück, wir leerten unser Bier und traten wieder auf die Straße. Ich schoss dreißig Euro dazu. Dann liefen wir zurück zur Party, stiegen direkt in den Sechsten auf den Dachboden hoch, zogen jeder eine Line, und machten uns euphorisch wieder auf den Weg nach unten.

Auf den Treppen zwischen Viertem und Fünftem hockten drei Mädchen, und wir setzten uns dazu. In meiner Euphorie habe ich dann gleich mit Komplimenten angefangen, für das Mädchen neben mir, von Wegen sie sei hübsch und so weiter. Sie war sogar ganz hübsch. Jedenfalls gaukelte mir mein vernebeltes Gehirn sofortige Verliebtheit vor, und irgendwie war sie auch angetan, lachte und bedankte sich artig. Es ist schon erstaunlich, wie einfach das doch manchmal alles ist. Man muss nur in der richtigen Stimmung sein. In meiner Verklärtheit strich ich ihr Haar zurück und küsste sie auf die Wange. Sie hatte wohl gerade getanzt und war etwas schwitzig. Ihre Wange war ganz warm, und einige Haare klebten feucht an der Schläfe. Das machte mich alles vollkommen verrückt. Das Beste war, dass sie das Ganze offenbar gut fand, leise kicherte und mich mit großen Augen anlächelte. „Wie heißt du denn eigentlich?“, fragte ich.

„Julia, und du?“

„Moritz“. Ich strich ihr wieder durchs Haar, küsste sie auf die Schläfe, sie wandte mir den Kopf zu, und wir knutschten. Es war einfach nur schön. Paul machte Sprüche, und Julias Freundinnen taten erstaunt: „Sag mal Julia, was machst du denn da?“, oder so etwas in der Art. Eine gute Weile saßen wir zu fünft da – Julia in meinem Arm – und lachten viel. Paul war in Hochform und super witzig. Irgendwann drängte es ihn aber nach einem Getränk und er stand auf. Ich wollte bei Paul bleiben, schloss mich an und versprach, gleich zurückzukommen.

In der Küche fanden wir eine halbe Flasche Gin und Tonic Water, und ich mixte uns jedem einen GT im Plastikbecher. Wir stießen an, und ich erzählte Paul, ich weiß auch nicht mehr warum, meinen Lieblingswitz, und zwar ist das der Weichenwitz, und der geht so: Rennt ein Typ übern Bahnhof, springt auf die Schienen und beißt rein. Kommt ein Schaffner und meint: „Gehen Sie doch lieber nach da vorn, da ist ‚ne Weiche!“ Das ist ziemlich der einzige Witz, den ich erzählen kann und meistens findet ihn niemand lustig. Paul war da ganz anders, und weil er den Mund voll mit Gin Tonic hatte, geschah das Unglück, und Paul prustete alles quer durch den Raum. Ein ohrenbetäubendes widerliches Quieken ertönte, und zwar aus einem Mädchen, das mit weit gespreizten Armen und Fingern schmerzverzerrt an ihrem Top hinuntersah. Gleich im nächsten Augenblick machte sie sich noch lächerlicher, indem sie, ich meine sogar heulend, auf Klo rannte, um sich von dem Schmutz auf Körper und Seele reinzuwaschen. Unglaublich! Als hätte ihr ein Fremder unvermittelt und überraschend sein Ejakulat ins Gesicht gespritzt. Lächerlicher war dann nur ihre männliche Begleitung. Ich habe keine Ahnung, ob er ein Bekannter oder mit ihr verheiratet war, jedenfalls gab er sich als ihr furcht- und bedingungsloser Beschützer zu erkennen. Dass er furchtlos war, nahm nicht Wunder, da er ungefähr zwei

Meter groß und super fett war. Er baute sich jedenfalls vor uns auf, packte Paul am Kragen und meinte so etwas wie: „Sieh zu, dass du hier wegkommst!“

Paul rechnete sich – wegen dem Koks wahrscheinlich – seine Chancen falsch aus und meinte: „Sieh selber zu!“

Worauf der Typ ihn fester packte und einfallsreich ein „Ich sag’s nicht noch mal!“ konterte.

Ich warf so etwas ein wie: „Entspann dich mal, du Penner!“

Offensichtlich gehörte das Monstrum zum Inventar, da ihn alle kannten und nun auch – wir standen voll im Mittelpunkt – die Gastgeberin mitmischte und auf „Benni“ einredete, er solle sich mal entspannen und so weiter. Hatte ich ja auch schon gesagt. Einige andere Typen (das Gesinde des ritterlichen Helden Benni), waren aber ebenfalls der Ansicht, dass wir gehen sollten. Dem quiekenden Schweinchen wegen. Und so gab es ein ziemliches Durcheinander, alle redeten zugleich und schubsten sich, und der Typ ließ Paul noch immer nicht los. Auch Bob und Ulf waren vom Balkon reingekommen und gaben laut ihren Senf dazu. Nach einer Weile – dies insbesondere der Verdienst der Gastgeberin und ihrer Freundin Lisa – beruhigte sich alles etwas. Gehen sollten wir aber trotzdem. Darauf hatten sich Fleischberg-Benni und seine Freunde festgelegt. Paul wollte nicht gehen und es darauf ankommen lassen. Gregor aber war vernünftig – auch wegen Lisa – und irgendwie standen wir dann am Ende doch alle vor der Tür – Paul, Gregor, Bob, Ulf und ich – ohne dass die Sache weiter eskaliert wäre. Paul wollte „Penni“ immer noch „plattmachen“ und klügelte aus, man müsse jetzt unten warten, bis der Koloss die Party verlasse. Die körperliche Überlegenheit des dicken Benni sei für jenen nicht von Nutzen, wenn man ihm überraschend eine Flasche über den Kopf zöge. Ich war mir da nicht ganz so sicher und wollte es lieber nicht ausprobieren (was sind die letzten Worte des Helden? „Ich gehe voraus!“). Bis auf Bob, dem das in seine anhaltende Bierproll-Stimmung passte, war es auch sonst niemandem recht und wir beschlossen, auf den Kiez zu fahren.

Ach ja, auf der Treppe hatten noch immer Julia und ihre Freundinnen gesessen. Die Freundinnen wollten bleiben, und darum tauschten Julia und ich Nummern aus. Ich erklärte, dass wir auf jeden Fall noch nicht nach Hause gehen, und sie meinte, sie meldet sich noch mal, falls sie später – wohin auch immer – nachkommen will. Sie hat sich dann nicht mehr gemeldet. Ich habe sie aber einige Tage später angerufen, und wir sind dann sogar für kurze Zeit zusammengekommen. Das Ganze war nicht unromantisch und hat mir eine Weile – erst im Guten, dann im Schlechten – ordentlich zugesetzt. Das ist aber eine andere Geschichte.

NEUN

Von der Schanze ist es gar nicht weit zum Kiez, und wir stiefelten los. Auf dem Weg hoben wir noch Geld ab, Paul gleich dreihundert Euro. Er ist einer von denen, die immer ein paar lose Hunderter in der Tasche haben müssen, weil sie sich sonst unmännlich fühlen. Keine Ahnung, wo er die Kohle immer herhat, er arbeitet, soweit ich weiß, in einem Klamottenladen. Ich hob hundert Euro ab. Das ist viel für meine Verhältnisse. Mit dem Geld ist es wirklich schlimm bei mir. Bei Penny achte ich auf jeden Cent, kaufe Eier aus Käfighaltung und Fleisch aus der Tiefkühltruhe und ekele mich dann fast davor, das Zeug zu essen. Aber das Ding ist: Die großen Ausgaben fallen mir ziemlich leicht, sparen tu ich nur bei kleinen Beträgen. Ich war schon als Kind nicht der Finanzminister. Sowie ich etwas mehr Geld in der Hand habe, fühle ich mich reich und hau es einfach auf den Kopf, kaufe mir eine neue Gitarre oder sowas. Am leichtesten fällt mir das Ausgeben aber wenn ich unterwegs und breit bin, dann hau ich an einem Abend mein ganzes Monatsbudget raus. Wenn das dann weg ist, fühlt sich der Kater am nächsten Morgen extraschlimm an. Ich leide dann immer außerordentlich, man kann sich das gar nicht vorstellen. Eigentlich brauche ich für die Sonntage eine Peitsche, damit ich mich geißeln und für meine Sünden büßen kann.

Unterwegs sind wir in eine Eckkneipe, in der einige Stammtischbrüder Boxen geguckt haben. Wir haben uns da an einen Tisch gesetzt, Bier bestellt und Quatsch mit der alten Wirtin und einigen Gästen geredet. Außerdem sind Gregor, Paul und ich aufs Klo, um zu koksen. Als wir wiederkamen, war Bob beleidigt, weil wir ihn nicht gefragt hatten, ob er auch möchte. Er fühlte sich wohl irgendwie ausgeschlossen. Ich habe ihn dann nachträglich gefragt, worauf er erklärte, ich wüsste doch, er wolle nichts damit zu tun haben

Wir sind dann weiter und durch die Hinterstraßen bis zum Hamburger Berg. Der ist wie die Große Freiheit eine Seitenstraße von der Reeperbahn, und es reiht sich eine Bar an die andere, mit Tanzfläche, wo immer ordentlich was los ist, und man keinen Eintritt zahlt. Im Sommer steht vor den Bars alles voll mit Menschen. So auch in dieser Nacht. Es ist wirklich nett da, aber trotzdem kann ich die Straße nicht mehr sehen, ich war jahrelang fast jedes Wochenende da. Jedenfalls sind wir fürs erste ins Roschinskys. Da läuft meist Tanzbares. Ich fühlte mich gut, energiegeladen, und bin einfach erst mal rein, ohne zu gucken, was die anderen machen. Körper rieben sich an Körpern, und ich mitten durch. Wenn ich nüchtern bin, bekomme ich Panik bei sowas. Wenn ich voll bin, mag ich es gern. Das Gesellige. Man blickt ständig in neue Gesichter, fühlt andere Menschen und fühlt, dass man selber Mensch ist, Mensch unter Menschen, nicht allein. Ich drängte mich an die Bar und bestellte enthusiastisch ein Bier bei dem leicht verzeckten aber hübschen Barmädchen.

Ich hatte mein Bier, schnappte mir noch einige Salzstangen, und drehte meine Runde. Ich drehe auf Partys, in Bars, Clubs und so weiter immer meine Runden. Ich würde das gerne mal ausgemessen haben, wie viele Meter (oder Kilometer?) ich da laufe. Ich denke wohl, irgendetwas Aufregendes muss passieren, irgendeine spektakuläre Begegnung, wenn ich mich so durch die Masse dränge. Aber es passiert nie was. Es ist genauso, als würde man nach Feierabend durch ein volles S-Bahn-Abteil laufen. Jedes Mal, wenn ich feiern gehe, bin ich auf der Suche nach dem Orgiastischen, dem Maßlosen, entgrenzter Hemmungslosigkeit, gierenden, hungrigen, lüsternen Menschen. Fehlanzeige. Da gibt es Partys mit Traumlandschaften, ausgefeilter Lichttechnik, an die Wände projiziertem Lavalampen-Gewaber, mit farbenprächtigen Tüchern verhangenen Räumen und Drogen ohne Ende. Aber niemand macht was draus. Sie tanzen einfach nur, dann gehen sie nach Hause. Mehr nicht. Partys, auf denen viel Drogen genommen werden, sind die schlimmsten. Autistisches Abgehänge und autistisches Getanze. Wer knutscht, ist schon als Pärchen gekommen und geht gemeinsam nach Hause, da ist auf jeder Weihnachtsfeier mehr los. Können sich nur Ledergays vernünftig vergnügen? Dürfen nur Rockstars richtig feiern? Oder sind sie überhaupt nur Rockstars, weil sie wissen, wie man richtig feiert? Ich mein, wenn man von den Partys liest, die die Stones gefeiert haben, ... Warum sind die Leute so brav? Wenn sie sich schon Drogen einschmeißen, dann doch bitte auch das entsprechende Verhalten, dann doch bitte exzessiv. Vielleicht ist es einfach ein Bildungsdefizit oder ein Mangel an Fantasie. Oder sie haben schlicht Schiss. Bloß nicht zu verrucht, man könnte ja gesehen werden. Am Ende hat man noch was erlebt. Lieber nicht, man ist genügsam. Schließlich lebt man ja mehrere Male. Na ja, es ist nicht leicht als Kind der Generation Kapitalismus und Karriere. Unfruchtbare Leidenschaftslosigkeit, alles wie geleckt. Dafür wird hemmungslos ums goldene Kalb getanzt, mit ausgefahrenem Ellenbogen, das ist dann völlig in Ordnung.

Auf halber Runde, hinten an der Bar, erkannte ich Michi. Michi war auf der Schule zwei Stufen über mir gewesen. Ich kenne ihn etwas, er ist der große Bruder der besten Freundin meiner damaligen Freundin (die wiederum zwei Stufen unter mir). Michi kauerte auf einem Hocker und war breit und traurig. Jedenfalls guckte er traurig und ließ den Kopf hängen. Ich weiß nicht, ob er mehr breit als traurig oder mehr traurig als breit war, aber bestimmt verstärkte es sich wechselseitig. An seinem Hals hing eine hübsche Blonde, die ihm zuredete und streichelte und auf die Wange küsste. Da Michi ein kleiner dicker, auch etwas hässlicher Typ ist, wunderte ich mich, dass ihn die Blonde nicht trösten konnte. Ich streckte Michi die Hand entgegen. Ich weiß nicht mal, ob er mich erkannte. Er sah mich kurz an, aber irgendwie nicht richtig, also ohne den Willen, Folgerungen aus dem zu ziehen, was er sah. Auch legte er seine Hand in meine Hand, vergaß dann aber zu drücken. Die Blonde jedenfalls guckte entgeistert und meinte: „Jetzt geh mal weiter ..." Michi machte keine Anstalten zu irgendetwas und ich, so völlig unberechtigt zurückgesetzt, tat wie mir geheißen. Wobei ich mich unangenehmerweise noch zwischen Michis Hocker und der Wand durchzwängen musste. Ich fühlte mich kurz ziemlich blöd.

Ich frage mich, ob es den Menschen zusteht, einen so zu behandeln, wenn es ihnen schlecht geht. Ich frage mich, ob es sogar zwingend ist. Damit sie sich nicht verstellen müssen und nicht noch mehr quälen. Außerdem: Vielleicht zeugt es von Unabhängigkeit und Größe, wenn man andere seine Launen spüren lässt? So jedenfalls die coolen Typen in den Hollywoodstreifen. Oder ist es nicht doch nur ein Zeichen mangelnder Reife? Ich weiß nicht, man muss doch irgendwie höflich sein, auch wenn man sich gerade nicht danach fühlt. Ich streng mich jedenfalls immer an und fühle mich dann irgendwie verarscht, wenn es andere nicht tun. Bin ich vielleicht nur höflich, weil ich ein Schisser bin? Ist es besonders mutig, immer zu sagen was man denkt, immer nach außen zu kehren, was man gerade fühlt? Ist dieses Prädikat, das sich im Übrigen am liebsten die Proleten anheften („ey weißt du, ich bin einfach so'n

Typ, der sagt, was er denkt! Wenn jemand ein Problem damit hat, ey sorry, aber ...“), wirklich eine Stärke? Ist man nicht eher stark, wenn man sich zurückhält, Opportunist ist, sich anpasst, auch wenn man miese Laune hat? Eigentlich bin ich mir doch sicher: Ständig zu sagen, was man denkt, ständig ausdrücken, was man fühlt, ist dumm, und es ist auch träge. Im Übrigen macht man sich damit zwar diejenigen Untertan, die gern schlecht behandelt werden (sie denken sich: „Einen Grund muss es ja haben, dass er mich schlecht behandelt. Wahrscheinlich ist er etwas Besseres als ich, da ordne ich mich lieber unter ...“). Auf der anderen Seite haben sie bei den Festeren schnell verspielt. Denn das spontan Gedachte ist nur selten wert, spontan gesagt zu werden. Noch unzuverlässiger ist das spontan Gefühlte. Wenn man bedenkt, dass man wenig später oft spontan etwas ganz anderes fühlt. Genau darum hat Dieter Bohlen nur Schäfchenproletariat zu Untertan. Allen anderen geht er auf den Sack.

Aber ich will Michi nicht Unrecht tun, vielleicht war er wirklich einfach supertraurig, so traurig, dass ich es mir nicht vorstellen kann. Ich fühlte mich auch nur für einen Moment blöd. Es war jedenfalls kein Vergleich dazu, wie blöd ich mich kurze Zeit später fühlen sollte.

Ich trat vor die Tür. Erst sah ich Bob, dann Paul, dann Gregor und dann neben Gregor, sich mit Gregor unterhaltend, sie: Schmerzmädchen Nr. 1! Die Mutter meiner Melancholie, Schöpferin meiner Unsicherheit. Das

Mädchen, das nur einige wenige Monate gebraucht hatte, um eine klaffende, niemals heilende Wunde zu reißen. Das Mädchen, in das ich mich damals völlig unvorbereitet und ohne eine wirkliche Ahnung von diesen Dingen zu haben, verliebte. Das Mädchen, das dann noch mit mir zusammenkam und nicht, so wie es sich in der Pubertät gehört, völlig unerreichbar blieb. Das Mädchen, vor dem ich aufgrund abartigster Verknalltheit schon nach kurzer Zeit völlig verstummte, deren Anblick mir jedes Mal alle Lässigkeit austrieb, vor dem ich nicht witzig und nicht geistreich sein konnte, deren kleinste Bewegungen mir Anlass zu unendlichen Deutungen boten, deren Ergebnis stets das Gefühl war, unwürdig zu sein.

Jedenfalls stand sie dort mit Gregor, und ich hatte sie seit acht Jahren nicht gesehen. Nicht dass ich, seit sie damals nach nur elf Monaten Schluss gemacht hatte, noch immer täglich an sie dachte und litt. Dennoch: Dieses Mädchen ist das Sinnbild meines Scheiterns, und manchmal fühle ich: In meiner Seele hat sie einen festen Platz, sie versteckt sich dort im Unterbewussten, ein Parasit, der beharrlich an meinem Selbstwert nagt, mir den Mut nimmt, mich wieder ganz unironisch zu verlieben, mir das Gefühl gibt, dass Liebe zu aller erst brennende Sehnsucht, unendlichen Schmerz und tonnenschwere Depression bedeutet, dass ich der Liebe nicht gewachsen bin, dass zwingend in dem Maße, in dem meine Liebe wächst, die Liebe der Geliebten schwindet.

Ohne die geringste Ahnung, wie ich die Lage bewältigen sollte, ging ich auf sie zu. Sie hatte mich schon gesehen und einfach wegrennen wäre die peinlichste von allen Optionen gewesen. So viel Ahnung hatte ich dann doch noch. Am liebsten wäre ich aber einfach weggerannt.

Nach unserer Trennung hatte ich mir noch eine Weile ausgemalt, sie würde sich des Riesenfehlers bewusst werden, mir den Laufpass gegeben zu haben. Ich hatte damals ständig auf ein Wiedersehen gesetzt, darauf, dass ihr bei meinem Anblick einfach die Erkenntnis kommen musste: „Er und niemand anderes!" Schon bald musste ich feststellen, dass sich derlei nicht einmal im Ansatz abzeichnete, ich ihr vielmehr ziemlich gleichgültig war, ein Wiedersehen – damals sahen wir uns noch zweimal bei Freunden – für sie weder gut noch schlecht, ihr allenfalls ein wenig lästig war. Hinzu kam, dass damals, nach Beziehungsende (oder dem *Liebes-Aus*, wie die BILD schreiben würde), ein Gerücht zu ihr durchgedrungen war. Ein Unbekannter hatte mir angedichtet, ich hätte mich abfällig über sie geäußert. Das hat mich dann noch einmal extra abgewertet. Und sie hatte mir keine Chance gegeben, die Sache richtigzustellen. Ich musste also alle Hoffnungen auf ein Comeback begraben, und ich nahm mir zumindest vor, dass sie mich allenfalls und frühestens wieder als Rockstar und Weiberheld oder ähnlich auf einem Zeitschriftencover sehen durfte. Sie sollte sich dann ganz furchtbar ärgern und eifersüchtig auf meine Groupies sein. Irgendwann hatte ich dann auch diese pubertäre Fantasie als solche erkannt und auch insoweit alle Hoffnungen fahren lassen. Dennoch: Wenn ich ihr nicht als gemachter Mann und meistbegehrter Junggeselle der Welt wiederbegegnen sollte, wollte ich sie gar nicht mehr sehen, nicht wieder spüren müssen, wie völlig egal ich ihr war. Nun also – alles andere als ein gemachter Mann – schritt ich auf sie zu und fürchtete mich. „Hi!", gaukelte ich Souveränität vor.

„Hallo Moritz, lang ist's her, was?" Wir umarmten uns. Schon jetzt war alles nicht so schlimm wie befürchtet. Und gleichgültig war sie irgendwie auch nicht. Sie freute sich sogar richtig, mich zu sehen. Obgleich nicht mehr ganz so ein elfenhaft ätherisches Wesen wie mit sechzehn, war sie noch immer wunderschön. „Na du Schwerenöter, schon wen aufgerissen heute?", lachte sie. Das war nobel und großzügig von ihr. Das war das Beste, was sie hätte sagen können. Ich mein, sie traute mir zu, ein Schwerenöter zu sein, jemand der auf Frauen wirkt, in der Lage dazu ist, Frauen aufzureißen, traute mir Lebensfreude zu, unterstellte mir, nicht einfach nur bemitleidenswert zu sein. Mein Schmerz und meine Opferhaltung hatten mir bislang jeglichen Blick auf die Idee verstellt, dass sie womöglich gar keinen Anlass sah, mich bemitleidenswert zu finden. Jedenfalls verschaffte mir die spontane Ahnung von der Realität des Undenkbaren – nämlich: dass ich in ihren Augen gar kein trauriges, an ihr gescheitertes Häufchen Elend war – so eine Erleichterung, dass ich voll und ganz in der Lage war, zu entspannen. Und wenn ich mich mal entspannen kann, was außerordentlich selten vorkommt, dann sprudelt alles aus mir raus, dann spüre ich die Unbefangenheit so total, wie es sich von Natur aus Unbefangene gar nicht vorstellen können. Ich erzählte dann ganz viel, gab, glaube ich, auch ziemlich an, blieb aber einnehmend dabei (ohnehin: Mädchen interessieren sich – wenn sie ehrlich sind – nicht für Jungs, die nicht angeben, aber man muss es mit Gefühl und nicht zu platt tun, sonst steht man dumm da). Und ich freute mich wie wahnsinnig über sie und ihr Lachen. Wir saßen jetzt mit Bier auf einer Bierbank vorm Roschinskys. Und nun, im Zuge größter Eintracht, hielt ich den Zeitpunkt für gekommen, einige damals ungeklärte Dinge aufzuhellen. Insbesondere besagtes Gerücht. Erstens verlangte es mich noch immer, von der Identität der Schlange zu erfahren, zweitens wollte ich mich ein für alle Mal von den Vorwürfen freigesprochen wissen. Im Rahmen einer sehr plötzlichen Wendung, hin zu einem höchst unharmonischen Gesprächsverlauf, erfuhr ich kurzerhand, dass sie zu dem gewünschten Freispruch nicht im Geringsten bereit war, mir besagtes Verhalten noch immer ohne Weiteres zutraute und von der absoluten Zuverlässigkeit ihrer Quelle überzeugt war.

Und mit einem Mal erkannte ich, dass *Schmerzmädchen Nr. 1* in Wahrheit *Scheißmädchen Nr. 1* war. Außerdem erinnerte ich mich nun daran, und *erkannte* erstmals, dass sie schon damals die Mutter aller dummen Zicken gewesen war, und dass ich nach ihr noch mindestens drei Mädchen mit ungleich höherem Schmerzmädchenpotenzial getroffen hatte. Und ich dachte daran, welche Verschwendung es gewesen war, sie alle an dem Ideal meines Schmerzmädchens Nr. 1 – in Wahrheit ja Scheißmädchen Nr. 1 – scheitern zu lassen. Jedenfalls war es mir völlig egal, dass sie nun aufstand, ihre Freundin aus dem Roschinskys holte und ohne sich zu verabschieden Richtung Reeperbahn davondackelte. Ich trank einen Schluck Bier, zündete mir eine Zigarette an, lehnte mich zurück, beobachtete die Menschen und genoss meinen Rausch. Obwohl nichts dergleichen geschehen war, fühlte ich mich, als hätte ich ihr all das, was ich mit einem Mal so ganz klar von ihr dachte, auch gesagt.

ZEHN

Gregor und Paul liefen an mir vorbei, ohne mich zu sehen. Ich erhob mich, rief ihnen nach und holte sie ein. Gregor wollte zur Bank, Paul begleitete ihn. Erst nach einer Weile fiel es Gregor ein: Eben noch hatte ich mit ihr vor der Tür gesessen. Und er fragte nach. Ich erklärte nur, sie sei gegangen und das sei egal, und die Sache hatte für Gregor ihr Bewenden. Es ist so erstaunlich wie angenehm: Selbst die, die einem ganz nah sind, vergessen in großer Regelmäßigkeit, welche Bedeutung die Dinge für einen haben. Ich kenne Gregor seit der fünften Klasse. Dennoch: Ich bin sicher, er müsste lange in seinem Hinterkopf graben, um darauf zu kommen, dass sie eine besondere Rolle gespielt hatte, kein Vergleich zu all den anderen Mädchen. Das ist befreiend und relativiert die Dinge. Was die anderen nicht besonders weltbewegend finden, ist es am Ende wohl auch nicht.

Wir liefen die Reeperbahn in Richtung Sparkasse hinauf, reihten uns für zwanzig Minuten in die Schlange am Automaten, und Gregor hob Geld ab. Auf dem Rückweg wechselten wir die Straßenseite und holten uns Wurst bei Lucullus. Die Rede ist nicht etwa von dem längst verschiedenen, für seine Fressgelage berüchtigten römischen Senator, sondern von einer Würstchenbude mitten auf der Reeperbahn. Bei einem meiner ersten Kiezausflüge habe ich in jungen Jahren – mehr um meine Verwegenheit zu beweisen als um Geld zu sparen – einmal bei Lucullus über den Tresen gegriffen, um gleichsam unter den Augen des Würstchendrehers eine Bulette vom Grill zu stibitzen und in der Innentasche meiner Jacke verschwinden zu lassen. Da war ich dann superstolz drauf und habe die Bulette aus meiner Innentasche hervorgezaubert und der Mannschaft davon angeboten. Keiner wollte einen Bissen.

Wir tranken noch ein Bier bei Lucullus und dann ging's zurück ins Roschinskys. Ulf und Bob konnten wir dort nicht mehr finden. Auch auf dem Handy erreichten wir sie nicht. Aber wir verloren uns ohnehin meist auf dem Hamburger Berg, verteilten uns auf die Kneipen, und liefen uns dann wieder über den Weg oder auch nicht. Also machten wir uns nichts daraus und gingen ins Lucky Star für einen Mexikaner. Ein Mexikaner ist eine Mischung aus Fusel und Sangrita. An manchen Abenden auf dem Hamburger Berg trinkt man so ungefähr zehn davon. Weil er nur fünfzig Cent kostet und in rohen Mengen ausgegeben wird. Die große Geste für kleines Geld. Dann zogen wir uns auf die Toilette zurück, um zu koksen. Auch ein anderer Typ wollte dringend auf Klo, und es stellte sich heraus, er hatte dieselbe Mission wie wir. Wir schlossen uns also zu viert ein, Gregor wischte den Klodeckel sauber, und wir schmissen unsere Reste zusammen. Nicht nur, dass der Typ beim Ziehen Nasenbluten bekam und mir einen blutverschmierten Geldschein zurückreichte, nein, er fing zudem an, in die Ecke hinter der Kloschüssel zu pinkeln. Und zwar so, als ob das ganz normal wäre. Wir staunten, waren aber zu drauf, um uns darüber aufzuregen. Im Gegenteil fanden wir die Sache witzig, während seine Pisse an unseren Schuhen anbrandete. Aber ja, warum auch sollte man sich darüber aufregen. Was ist schon das bisschen Urin unter der Sohle gegen so ein sensationell überraschendes Verhalten. Mindestens zweimal schon haben wir uns an den Klopisser zurückerinnert und Tränen gelacht. Früher hat mir mal ein Freund aus Versehen an den Hinterkopf gekotzt. So eklig das war: Auch diese Erinnerung möchte ich nicht missen. Diese Dinge machen Riesenspaß, und es ist traurig, dass sie mit dem Alter seltener werden.

Zurück von der Toilette fütterte und bediente ich die Jukebox und bald erklang *Johnny Walker* von Westernhagen. Das Lied stimmt mich immer ganz wohlig melancholisch. Zufrieden saß ich auf einem Barhocker, sang ein bisschen mit und schaute mich um. Gregor und Paul standen da mit einem Riesentyp in Deutschlandtrikot, und die drei verstanden sich prächtig. An der Bar lehnte ein apartes Mädchen mit knallrotem Kleid und roten Pumps. Neben ihr stand der Typ vom Klo und bestellte was zu trinken für die beiden. Sie fand ihn wohl ziemlich gut, da sie ihm engagiert irgendwelche Dinge ins Ohr sagte und ihn dabei mit der Hand an der Hüfte berührte. Eben noch mit Nasenbluten neben die Kloschüssel gepinkelt und jetzt an der Bar mit der aparten Roten. Teufelskerl. Direkt neben mir warfen ein paar absolut sympathisch aussehende, höchstens zweiundzwanzigjährige Hardrocker mit ihren Mädchen Pfeile auf die Dartscheibe. Wahrscheinlich aus Winsen an der Luhe oder so. In Hamburg gibt es keine Hardrocker in dem Alter. Längsseitig an der Bar saß eine Reihe Abiturienten und leerte Mexikaner am Fließband. Dann, hinten am Eingang, sah ich sie hereinkommen. Mit ihrer Freundin. Sowie sie mich sah, gab sie ihrer Freundin ein leises geheimnisvolles Zeichen und beide verließen so plötzlich wie sie gekommen waren das Lokal. Mädchen haben ein so feines Gespür für Kommunikation, dass es mir unheimlich ist. Man kommt sich da schnell übers Ohr gehauen vor. Ein, zwei Blicke, ein diskretes Mienenspiel und sie sind vernetzt. Große Datenpakete werden so in Windeseile ausgetauscht.

Etwas weh tat es dann doch, und ich bekam plötzlich Angst, dass sie doch nicht das Scheißmädchen Nr. 1 war beziehungsweise, dass ich mir das nicht mehr so vorstellen konnte. Ich bin ohnehin nicht beständig mit meiner Meinung von anderen Leuten. Es muss schon eine Menge vorfallen, bis ich jemanden so richtig scheiße finde. Und wenn sich dieser jemand dann doch einmal ein ganz klein wenig von seiner sympathischen Seite zeigt, mache ich sofort auf, damit er mir wieder in die offene Flanke rennen kann, und ich ihn wieder scheiße finde. So kann das etliche Male gehen. Ich glaube, es gibt nur einen Menschen, den ich schon seit langem ganz unverrückbar scheiße finde. Der kann da auch nichts mehr dran ändern, so scheiße ist der.

Ein kleiner Türke in Trainingsanzug kam zur Tür herein. Er ging ganz breitbeinig und machte bei jedem Schritt mit der dem vorangehenden Bein gegenüberliegenden Hand so eine Bewegung wie sie die Rapper machen, um eine Silbe zu betonen. Jedenfalls ging er unvermittelt auf den Klopisser zu und sagte ihm mit geschäftiger und ernster Miene etwas ins Ohr. Der Klopisser verstand sofort, bekam einen ganz entschlossenen Gesichtsausdruck und nickte. Vielleicht wollten sie jemandem auf die Fresse hauen oder so. Jedenfalls verabschiedete sich der Klopisser ohne Umstände von der Roten und verließ mit seinem Sportskameraden entschlossenen Schrittes das Lucky Star. Ganz schön konkret drauf, der Klopisser.

Weil ich mir das Ganze ja interessiert angeschaut und also auch in Richtung der aparten Roten gesehen hatte, trafen sich unsere Blicke. Sie lächelte, und weil der Klopisser ja weg war, kam sie rüber. Sie entpuppte sich als weniger hintergründig als ihr Äußeres und redete schnell und mit wahnsinnig vielen Wörtern und ohne Pause. Ich fragte, ob sie den Klopisser kennt und wo der hin ist, und sie sagte, dass sie ihn nicht kennt und auch nicht weiß, wo er hin ist, aber dass das wohl ein ganz schöner Freak ist und, dass er ihr ein bisschen unheimlich war, aber auch gut aussieht und so weiter. Dann hat sie mich gefragt, was ich denn so mache. Ich habe dann erzählt, dass ich Jura studiere und das ganz fürchterlich ist, dass ich das Gefühl habe, dass mich die Rechtswissenschaften verblöden, und dass Flaubert dieselbe Angst hatte, als er Jura studiert hat. Dass ich außerdem ständig das Gefühl habe, irgendetwas viel Geistreicheres und Schöneres zu verpassen, und dass ich mein Gehirn so dermaßen mit Jura zuballere, dass man später einmal – wenn ich tot sein werde – nur noch einen Sammelband deutscher Gesetze und die dazugehörigen Kommentare in meinem Schädel vorfinden wird. Sie hat mich gefragt, warum ich dann überhaupt mit Jura angefangen habe, zumindest jetzt nicht sofort damit aufhöre, und dass es ja nie zu spät ist und so weiter. Ich erklärte, dass ich da so reingerutscht bin und einfach nur irgendetwas studieren wollte, um meine Ruhe zu haben. Dass ich auch nicht einfach damit aufhören kann, weil ich schon so viel dafür gemacht und ohnehin keine Alternative habe, jedenfalls keine, bei der man später viel Geld verdienen kann, und dass das als Mann ja ziemlich wichtig ist. Das hat sie überhaupt nicht verstanden und meinte, dass ihr Freund Sozialpädagogik studiert, sie überhaupt kein Problem damit hat, und dass ihr Geld sowieso nicht das Wichtigste ist im Leben. Ich habe dann gesagt, dass sie da ganz anders ist als ich.

Jedenfalls haben wir wenig später rumgeknutscht. Ich habe dann noch gedacht, dass die ja wohl überhaupt keine Achtung vor ihrem Freund hat, wo sie jetzt mit mir rumknutscht und davor dem Klopisser immer an die

Hüfte gefasst hat. Dann ist mir eingefallen, dass ihr Freund ja Sozialpädagogik studiert.

Gregor, Paul und der Typ im Deutschlandtrikot kamen dazu. Der Deutschlandmann stellte sich als Andi vor und war so zufrieden mit sich und der Welt, dass er durchgehend eine warme tiefgrollende Wikingerlache lachte, dabei seinen mächtigen Körper vibrieren ließ und uns reihum abwechselnd auf die Schulter klopfte. Ganz schön sympathisch, der Andi. Paul nahm die Rote irgendwie nicht für voll, so dass sie ganz damit beschäftigt war, etwas daran zu ändern und an Knutschen nicht mehr zu denken war. Sie gab alles und plapperte ununterbrochen, um sich Deckung zu verschaffen. Damit Paul nicht zu Wort kam. Wahrscheinlich versuchte sie unterdessen für sich zu klären, ob sie beleidigt sein durfte oder aber nur der Lage nicht gewachsen war.

Ich hatte einen kleinen Hänger. Also körperlich fühlte ich mich wohl, angenehm betäubt. Aber ich wurde melancholisch und geriet in so eine Hans-Albers-Stimmung. Dieses irgendwie poetische Gefühl von Schicksalsergebenheit, dieses Gefühl, dass nicht viel vom Leben zu erwarten ist, es aber so unvollkommen trotzdem irgendwie menschlich und ganz schön ist, und man immer aufsteht und weitermacht, einfach nur weil man da ist und sein Leben ja zu Ende leben muss, mit einem lachenden und einem weinenden Auge. Steinalt kam ich mir außerdem vor. Ich musste an Verena denken. Wir waren eine Zeit zusammen gewesen, haben uns aber irgendwie zu gut verstanden. Ich mein, ich habe der Sache von Anfang an keine richtige Zukunft gegeben, weil Verena so menschlich war, und ich Mädchen, die menschlich, großmütig und verständnisvoll sind, irgendwie unsexy finde. Aber auch wenn ich Verena körperlich nicht groß begehrt habe, habe ich mich vor oder nach ihr kaum jemals so wohl mit einem Menschen gefühlt. Und als ich da so saß, beschloss ich, gleich am nächsten Tag bei Verena anzurufen und es mir für den Rest des Lebens in wohlig melancholischer Stimmung bei ihr gemütlich zu machen. Ich stellte mir vor, wie ich dann fett und faul bei uns zu Hause auf dem Sofa liegen und Verena mich mit ihren großen, warmen Augen gütig anschauen würde, voller Verständnis dafür, dass ich nicht die geringste Lust hatte, noch irgendetwas aus mir und meinem Leben zu machen. Bei uns würde es dann Schweinekotelett mit Leipziger Allerlei und Salzkartoffeln und zum Nachtisch Vanillepudding geben. Dazu würde ich dann einfach ein Bier trinken und gemeinsam mit Verena auf Grand Cru und Garnelenspaghetti scheißen.

ELF

Die Rote hatte aufgegeben, wünschte mir noch viel Spaß und Paul gar nichts und dampfte ab. Irgendwie war es leer geworden im Lucky Star. Zusammen mit dem reindämmernden Tageslicht und der ollen Uriah-Heep-Kamelle, die spielte, ergab sich ein deprimierendes Bild. Wir entschlossen, rüber ins Ex-Spar zu gehen. Genau gegenüber vom Lucky Star. Da wird noch bis zehn gefeiert. Mir fielen wieder Ulf und Bob ein, aber noch immer nahm keiner ab. Das Ex-Spar war rammelvoll und die Hans-Albers-Stimmung verflog in Windeseile. Irgendwie habe ich dann auch Verena ganz schnell vergessen und mir war wieder mehr nach Grand Cru.

Ich drängte mich zwischen tanzenden Mädchen und Jungs durch zur Bar und orderte einen Wodka-Redbull bei Jana. Jana kenn ich von ganz früher. Ich fand sie immer süß, aber auch merkwürdig. Ich glaube, sie ist ein wenig versoffen. Jedenfalls wirkt sie immer leicht vernebelt. Merkwürdig ist auch, dass sie mich – glaub ich – auch immer gut fand, wir aber nie geknutscht haben. Ich habe sie auch sonst nie mit einem Typen knutschen sehen. Jedenfalls arbeitete Jana an der Bar im Ex-Spar und ich freute mich, und sie freute sich auch. Sie lächelte mich mit ihren braunen vernebelten Augen an, und ich sah ihr zu, wie sie mir den Wodka-Redbull mixte. Ich finde es schön, bei einem hübschen Barmädchen ein Mixgetränk zu bestellen. Das hat etwas Intimes. Tausende Leute, die etwas von ihr wollen, aber für einen Moment ist sie nur damit beschäftigt, dir einen Drink zu mixen.

Wir redeten kurz, aber es war zu laut und wir wussten auch nicht, was wir reden sollten. Außerdem musste sie ja auch Drinks für andere mixen. Die hat man nicht für sich allein, die Barmädchen. Ich blieb aber trotzdem an der Bar stehen. Sie lächelte noch manchmal rüber, und ich fand das völlig ausreichend und war zufrieden. Gregor und Paul kamen dazu. Die bestellten sich auch einen Wodka-Redbull bei Jana und fanden sie auch toll. Ich fand Jana dann noch süßer als ohnehin schon. Das macht ein Mädchen schon noch ein Stück interessanter, wenn meine Freunde sie auch gut finden. Ich hatte mal eine Freundin, die eigentlich keiner so richtig gut fand. Das habe ich dann auch nicht lange ausgehalten. Ich bin da nicht besonders charakterfest glaube ich. Es sind nicht alle so. Verena zum Beispiel. Die hatte sich ohne Wenn und Aber für mich entschieden, obwohl ihre Freundinnen geschlossen der Ansicht waren, dass ich in jeder Hinsicht ein Scheißtyp bin.

Es lief ein Lied von Freundeskreis, der Name fällt mir jetzt nicht ein. Es ist aber ziemlich bekannt, und weil ich es gern mag, wippte ich ein wenig mit dem Kopf dazu. Und ein Typ neben mir meinte: „Geile Lyrics, oder?“

„Keine Ahnung, habe ich mir noch nie so richtig angehört."

„Musst du mal machen, Alter! Ich mein, allein die Stelle wo …"

Er hat dann halt ein Zitat gebracht, keine Ahnung mehr, welches. „Ich mein, das ist doch cool, oder? Wie geil ist das, bitte?", freute er sich.

Ich meinte dann, dass das tatsächlich ganz cool ist, mich aber die Lyrics in der Regel nicht interessieren. Das hat er überhaupt nicht verstanden. Und ich kann auch gut verstehen, dass er das nicht verstanden hat. Ich verstehe es selbst nicht so richtig. Ich bin da einfach unambitioniert, wenn es um die Lyrics geht.

ZWÖLF

Im Ex-Spar war es eigentlich genau richtig. Es war weder zu voll noch zu leer, es gab einen Kicker, gute Musik, einige hübsche Mädchen und auch sonst gute Leute. Weil aber der Erlebnisdrang im Rausch endlos ist, beschlossen wir, im Phonodrom weiter zu feiern. Das Phonodrom ist ein Technoclub und eigentlich geht's da überhaupt erst am späten morgen so richtig los. Nicht, weil die Musik so toll ist (was sie aber durchaus ist), sondern weil alle drauf sind und keiner merkt, dass es eigentlich schon längst Zeit wäre, nach Hause zu gehen. Wir jedenfalls waren auch weit davon entfernt, und befanden uns wenig später in der Gesellschaft übelster Proleten aus Hamburgs Vororten. Tätowierte, halbnackte Typen und Mädchen tanzten zu donnernden Beats und strahlten ein unwirkliches Strahlen. Die entschiedene Musik und die entblößten entfesselten Körper brachten mein vernebeltes Hirn noch einmal auf Hochtouren.

Und Gregor und Paul ging es nicht anders.

Auf geht's! Auf der Toilette verschwitzte Jungs und Mädchen, Schlange stehen und dann in Grüppchen auf die Kabinen, Empathie! Hier und da Riesenpupillen, schniefende Nasen, alle cool, heiße Fummel, wir mittendrin. „Haste Teile?", einfach den Freak mit den größten Pupillen fragen, kurze Haare muss er haben, gestählter Körper, Tattoos, enges T-Shirt, „Ja, wie viele wollt ihr haben?" Ein guter Mensch, ein netter Mensch, er hilft, er gibt. „Erst mal drei“, verstohlenes Umgucken, gehört dazu, auch wenn es hier eh keinen interessiert, die Hände berühren sich, Wunderpillen in der Hand, fünfzehn Euro will er dafür haben, das ist nichts. „Sind die gut?“, „Klar, Trompeten“. Zum Waschbecken ..., runterspülen, gleich bin ich bei euch, ein wenig aufgeregt, bald geht’s los, bis dahin noch ein Bier trinken ... , eine halbe Stunde später, Aaaaaaahhhh, die kommt gut! Die Pille sackt, knallt, rauscht rein. Diese Mädchen, mir gehen die Augen über, so schön! So heiß!

Später ..., ich stehe an den Waschbecken mit diesem komischen Mädchen, fünfunddreißig ist sie schon. Sie ist geschminkt wie die böse Königin aus Schneewittchen, trägt ein rotes eng geschnürtes Korsett, aus dem oben ihre Titten vorquellen. Sie erzählt mir von ihrem dreiundzwanzigjährigen Freund, wie sie sich zu zweit, wenn sie allein sind, immer sonst was reinpfeifen, und wie pervers es dann abgeht. Letztens, sagt sie, war ihre beste Freundin dabei. Ich sage ihr, das nächste Mal will ich auch mitmachen, sage das glaube ich sehr ernst und überzeugt, will es auch, sie lacht, und sie steht auf mich, das merk ich, trotzdem passiert irgendwie nichts, trotz der Spannung, trotz dessen sie die ganze Zeit vom Ficken redet. Wir stehen nebeneinander, beziehungsweise ich leicht hinter ihr versetzt und gucken in den großen Spiegel, lächeln beide verstrahlt, lächeln uns an, über den Spiegel, ich sehe ihre großen schwarzen Augen und ihre vorquellenden Titten und die Netzärmel und den ganzen Kram und bin auf eine ganz wolkige, watteweiche Art geil.

Drei Typen tragen einen anderen Typen zu einer Matte, die in einer Ecke liegt, lassen ihn da fallen, werfen ihn fast. Er zuckt ein bisschen, zappelt, bleibt dann auf dem Rücken liegen, mit weit aufgerissenen Augen, in denen außer seinen Pupillen nicht mehr viel zu sehen ist. Ich gucke ihn an, mir schaudert. Ein durchtrainierter, kahlrasierter Technoproll. Dann auf einmal hebt er seinen Kopf, guckt mich an mit seinen Horroraugen, fängt an zu grinsen, gibt ein glucksendes Lachen von sich und kippt unter Zuckungen wieder zurück, liegt da, mit weit aufgerissenen Augen, mit versteinertem Gesicht, wie tot, gefallen in der Schlacht. Noch Tage wird mich dieses Bild verfolgen. Nicht aber jetzt. Mit meinen eigenen Riesenhorroraugen schwebe ich weiter durch den Club. Ich habe an der Garderobe Haribo und Kaubonbon gekauft. Davon biete ich einem Mädchen an der Bar an. Sie nimmt und freut sich. Norwegerin. Wir sitzen eine Zeit zusammen in der Ecke, unterhalten uns nicht viel. Ich fühl mich trotzdem gut, fühle mich ganz grundsätzlich und also auch in die Norwegerin verliebt. Manchmal beugt sie sich zu mir rüber, sagt mir was ins Ohr, fasst mich an dabei, am Arm, an der Schulter. Ich lächle sie nur versonnen und verstrahlt an, gebe kurze, fahrige Antworten. Irgendwann sagt sie mir, dass sie schon seit drei Jahren keine Drogen mehr nimmt, dass das nicht gut ist, sie jetzt losmuss, später auf den Flohmarkt will, irgendeinen bestimmten, ganz speziellen, dann lächelt sie mich noch einmal gequält an und geht. Und ich? Mir geht's immer noch gut, es stört mich nicht im Geringsten, erst am nächsten Tag werde ich mich schämen. Und ich tanze, ich tanze, und ich tanze, weiter, immer weiter, selbst meine Hosenbeine sind durchnässt von Schweiß.

Wo sind Gregor und Paul? Ach ja, schon gegangen. Ich hatte sie zwischendurch immer mal wieder gesehen und gesprochen. Aber nie lange, lieber durch den Club schweben. Sie hatten versucht mich zu überreden nach Hause zu gehen, ich sähe ziemlich fertig aus. Das war mir ganz egal gewesen, die zweite Pille wirkte schon.

Und jetzt, ... irgendwie ein ungutes Gefühl, ich fange an zu zittern und wische mir den Schweiß von der Stirn. Ich schließe die Augen und spüre den dumpfen Beat. Nein, es geht mir doch gut, sehr gut sogar. Wobei, doch nicht mehr so gut wie vorhin. Ich öffne die Augen. Zwei Typen gehen an mir vorbei, lachen, sehen mich mit gespielter Besorgnis an. Wieder kommt dieses Gefühl des Elends in mir hoch. Ich spüre einen Tsunami von Depressionen heranrauschen. Zitternd gehe ich zur Garderobe. Dort merke ich, dass ich kaum noch richtig sprechen kann. Und ich brauche ewig, bis ich meine Garderobenmarke finde. Ich will nur noch weg. Nicht einen Pfennig Geld in der Tasche, überhaupt ..., wo ist eigentlich mein Portemonnaie?

Raus auf die Straße. Auf der Reeperbahn ist es taghell. Ich schaue auf die Uhr. Meinen Augen will es einfach nicht gelingen, das Ziffernblatt scharfzustellen und ich gebe irgendwann auf. Zur U-Bahn-Station St. Pauli ist es nicht weit. Dann kommen sie um die Ecke aus Richtung Heiligengeistfeld: Roller-Blader. Hunderte von Roller-Bladern, die an diesem schönen, sonnigen Samstag über die Reeperbahn rauschen und mich elend fühlen lassen. Ich stehe auf dem Spielbudenplatz, werfe mir meine Kapuze über und ziehe sie ganz tief ins Gesicht. Ich zittere mich in die U-Bahn-Station. Überall brave Wochenend-Bürger. Familien mit kleinen Kindern, Rentner. In der Bahn kaum ein freier Platz. Ich drehe mein Gesicht zur Wand, spüre die Blicke auf mir und was sie denken …

DREIZEHN

Ich wachte auf. Meine Augen und mein Kiefer schmerzten, mein Hals war belegt, ein Pfeifen auf den Ohren, ein stumpfer Druck im Kopf. Draußen der Himmel mit dunklen Wolken verhangen, es regnete. Langsam schleppte ich mich in die Küche und trank einen Schluck Milch aus der Tüte. Ich fühlte mich erbärmlich. Ungeordnete Gedanken. Nervös und ganz eilig beschloss ich, – „jetzt ganz bestimmt, diesmal allen Ernstes“ – meinem Leben von nun an einen Sinn zu geben.

Printed in Poland
by Amazon Fulfillment
Poland Sp. z o.o., Wrocław

24496379R00057